钢铁

蝴蝶

林燿德

九州出版社
JIUZHOUPRESS

谨以此书纪念　林燿德先生

代序
废　墟

陈璐茜

　　在气温接近零度的北京，你的最后一个冬天，我的最冷的冬天，我们只有一个下午的时间游览颐和园和圆明园。

　　忘记司机先生姓什么了，但还记得你用同样的京片子和他话家常，像变色龙一样，你总是能很快地适应新环境的颜色。

　　车子停在颐和园门口，司机让我们下车，并约好了傍晚六点再来接我们。

　　颐和园的宫殿，看得出做了很多修护，多半是在梁柱之间糊了灰色的水泥，显得不伦不类，加上将苏州的街景搬到北京的宫殿里，更像是在古董皇冠上，镶了晶亮的假钻，红的、绿的，闪烁赝品的光芒。

　　我们没有失望，因为也没有什么期待。

　　相反地，纯粹人工挖掘的昆明池，一望无际，真正显示出帝王的威权，影响到现在。

走在池边的垂柳小径上，我们像跑接力似的，将相机传来传去，轮流给对方拍照，笑容的背景里，迎风摆动的杨柳树，抖落满地冬日稀有的阳光，是一幅印象派的名画。

从颐和园的侧门叫车，前往圆明园，比起颐和园的景气，圆明园可以说是生意清淡了，连售票员都不知道跑哪儿去了，只好在小店里买票。

你看到入园券上的西洋楼废墟照片，就嚷着要去看，于是我们排除了其他游园路线，一路走向废墟，尽管如此，还是经过了射靶场、碰碰车、脚踏游艇区、原始非洲馆，那些游乐设施据说是为了要帮助圆明园赚取修复经费的，然而在整修工作尚未开始之前，圆明园又遭受另一次灾变。

对于那些不协调的设施和噪音，我们并不在意，只是一心一意向前走，走向废墟。

刚开始，只看到了很多大石块，走近一看，才发觉石块都经过精密的雕工，我们在石堆里，试着辨认出水法（喷水池）、舞台和迷宫。

风太冷了，我们各自拿出口袋里的护唇膏，为对方嘟起的嘴唇，涂了一层光亮，然后笑，眼睛也是亮的，急于用身边的石块重组一个西洋式的花园。

废墟的美在于拥有时间和空间的双重延伸，因为不成形，所以可以用想象力和感情修护。

我们在大石块间跳上跳下，寻找令人惊叹的艺术图腾，仿佛是流浪已久的精灵，终于找到了心目中最美的花园，舍不得走了。

回头看西洋楼废墟最后一眼时，夕阳正好落在残破的贝壳形水法上。

天黑了，司机才到，颐和园和圆明园的黑夜也降临了，对历经百年的废墟来说，一天的时间不算什么，但是对走进废墟的我们来说，这个下午，我们有机会触探到心底深处的废墟，待从废墟中站立。

·

在你走前一个星期，曾对我说："和你结婚，使我重获新生。"

你在废墟里站出了一个花园，如今你飞进了那个花园，俯瞰废墟。

"图一"与"图二"的图说

林燿德

图一

图二

日本漫画单行本的封面折页，有时被利用来作为作者表现小幽默的袖珍记事。富坚义博曾经写过一段《如果我转世》，大意是他转世成一个透明人，职业是揭发内幕的报道作家，因为是透明人，所以他从容出入各种空间，能够探知任何人采访不到的内幕。终究在某个冬天，透明人受到周刊编辑的压力，为了赶出新稿件而冻死在某偶像级男星的家中，目前他的尸体仍然躺在后院，没有被发现。

读到漫画家这一小段精彩的幻想，觉得这真是某一类作家的写照，当然我指的不是人缘不佳和死于非命这些部分，而是"透明人"的象征性。像美国黑色幽默作家品钦，他的行踪和面貌隐秘得像是另一个透明人，这难道不是他作品之外另一桩黑色幽默吗？言情小说家岑凯伦又是一个例子，从来没有读者怀疑到他的性别。

如果可以选择，我倒宁愿变成一个不露面的作家，非得提供照片的时候，就拿出"图一"来，图说是"取材时摄于某古代废墟前"或者"婆罗洲 B 部落原住民为作者绘制的岩画肖像"。

年幼的时候觉得被群众淹没是一种恐怖的情绪，现在恰好相反，觉得自己至今仍然默默无闻地隐匿在人潮中是一种奇特的幸福。二十世纪六十年代末期的小说家这般写道："霓虹灯在对面的街口亮起来，巨幅的电影广告牌上那场可怖的非洲大火，仿佛和晚霞连成一片，一直烧到天顶上去了。"我早已经失去了这种类型的感动，在巨幅的电影广告牌前和人群一起步上天桥，觉得看板上的恐龙荒唐而可笑，和日复一日的晚霞毫无关系。

在出版第一本小说集之前，蔡源煌教授曾经提醒我：作家不必轻易曝光。当时我并没有注意到这句话的深意，现在顿悟了也噬脐莫及。所以，现在我必须为了自己的造型感到困扰；譬如说"图二"，我实在不明白这张照片上的背景和"他的表情"究竟和我的创作发生怎样的关系？

每一个人的声音都存在着表情，每一篇作品中也隐藏着作者真正的脸孔。

那张"真正的脸孔"是超越生理结构的，魔术般变换着造型。最近参与某个文艺杂志四十周年的大系编选计划，读到早期的邵僩、朱西甯，也看到李乔、季季乃至张大春年轻时代初露锋芒的模样，发现他们今昔变异之剧烈，远远超过他们的生理容颜。

除了那些坚持下去的作家，无数 × 年代"新星""潜力雄厚的作者"，他们当年青春的表情黏滞在散发霉味的书页上，令人触目心惊，而且想到一种食物：壳里躺着半透明胚胎的熟鸭蛋。

"他人即地狱"，这句话有趣，而且道理深长。

1993 年 7 月 18 日《中时晚报》

目　录

灵 感

灵　感

　　灵感不是一种材料、一种对象或是一种开采想象力的机器，因为以上所否定的内容都可以经由"购买"而得到。

　　聪明的作家会说："灵感是不存在的。"

　　因为我们对灵感的概念，总认为它是突发性的，莫名其妙自潜意识中浮露出来的一个"什么"；手冢治虫在他的漫画人物中，制作了非常有趣的道具来象征灵感，那就是头顶上燃烧的蜡烛。要解释灵感，任何文字的定义不如手冢笔下五烛光的蜡烛来得精确。

　　灵感的定义，按照手冢的模式来推演，包括火焰、蜡烛和人头三个部分，而且必须出现"环境"，四者缺一不可，所以灵感并不是四者中的任何一个，而是全部。进一步说，我们只能在"漫画"本身看到灵感，对于读者而言，谁都必须透过不同的媒体才能意会创作者灵感所在，而此刻的灵感，包括了作者自己的解释，都已经是一种"后见之明"。

　　只有三流以下的艺术家才会等待灵感，他们不懂得利用头颅，平时不准备蜡烛，又不对现实世界进行环境的考察，仅仅期望火焰无端降临。

　　更有趣的地方在于我们把灵感象征化了，因为不用象征性的语言我们很难"触碰"到灵感的存在；但是灵感的效益却是"可触可碰"的。不如举笔者一首诗的局部来佐证，在下面引述的诗中，第一段里说明"书桌上摆放一只瓷杯，墙间挂起一支洞箫，衣柜旁斜倚一个车轮"，第二段叙述者"我"突然自梦中惊醒了——

　　　当我凌晨惊醒
　　　一片极宽极阔的留白比光更快
　　　覆盖我用文字蚁行的思考
　　　一片极宽极阔的留白
　　　是自轴心、箫孔和杯的中空里流溢出来的
　　　永远不曾在历史和记录中走出的
　　　"无"的意象

　　　　　　　　　　　　——《无的意象》第二段

　　在此"无"的意象，是一切意象之母，视之不见、听之不闻、搏之不得，但是自"无"的意象中涌现的缤纷世界，却能够震动读者的心灵。

有一句话叫作"读万卷书，行万里路"，懂得这句话的人自然会拥有不可预期，却充满惊喜的泉涌灵感，但关键之处在于"有效的读"和"有效的行"。我认得一个云游作家，她的芳踪所至令我羡慕不已，她也分别写下了日记体式的游记，然而她的游记却是我坐在书桌前用资料就可以"盖"过的。她的作品中没有"心"，也没有"感官"。

用眼睛看出别人看不到的，用耳朵听到别人听不到的，用手和肌肤抚触到别人抚触不到的，用心去贴近别人贴近不了的事物。即使只有五烛光，看得清楚就非常够了。

1990 年 8 月 12 日《中时晚报》

死亡方程式

　　不论是承平岁月或者烽火离乱的"大时代"，人类总是有余暇去关心"他人瓦上霜"，况且乎公众人物的"起居注"或"生卒年月考"。作家，不论你将之视为倡优之属，或者人文精神什么的代表，这么一种职业很容易促使一个人成为公众人物。演员以他的身体作为演出的记号，作家则以他的思想作为演出的记号；不过，我们可以忽略演员的思想，却不见得放过作家的身体，"作家之死"往往是一出好戏的最后一幕。

　　一个作家的身世与身世的句号——死亡——引起社会瞩目的程度，是一个简单的方程式：

　　群众地位 × （死亡原因＋死亡方法） × 环境变数 ＝ 新闻价值

　　作家死亡之刻在群众心目中的地位，可依下列顺位得参考数据：流行偶像5分，反体制象征4分，特殊身世3分，重要文化阶段代表人物2分，官方文人1分，默默无闻者0分。以苏联未来主义诗人马雅可夫斯基为例，十月革命时期他是反帝俄体制象征，苏联建立后成为官方文人，他在文学方面领导潮流时尚，在苏联电影《不为金钱而生》中领衔主演，海报上的头条文案是"本片主角诗人伊凡诺夫，由'未来派'大诗人弗拉基米尔·马雅可夫斯基饰演"，因而马雅可夫斯基自杀而死之刻，他在苏联群众中的地位自然造成非常轰动的效果。

　　死亡原因包括主观动机——为政治献身、为色欲亡命、为挫折而厌世，以及客观／技术因素——他杀、自杀、意外致死、自然死亡。当然，我们还可以更细腻地予以分析。以"他杀"为例，成为悬案、凶手不明者最受欢迎，只要死者知名度高，人人都会津津乐道；其次为合法谋杀，如普希金、莱蒙托夫相继死于政治阴谋；至于一般的凶杀案或者作战而死，新闻效果便不如前两者。

　　其三是死亡方法的趣味性，譬如说用果浆淹死就比汽车压扁来得传奇，得艾滋病而死远较得肺痨有创意；同样是投水，朱湘在采石矶投长江自尽，就不如王国维在不及膝的水深中闷死自己来得壮烈。

　　最后是环境变数，尽管某小说家的死亡新闻价值很高，但是死得不是时候——同期连死了五个，或是波斯湾战争爆发等等更强势的事件出现，那么可预期的效果便大打折扣。

这个方程式是当代社会学式的考证，那么在文学史中作家之死又代表着什么意义呢？在文学史上，作家之死简单地说有两种可能性，第一种是作家之死，他的事业和纪元也随着肉体的腐败而溃灭；第二种可能，是作家本人身心俱亡，甚至大多数的群众无所谓他的存在与否，但是他作品在文学史中的"流浪"才开始起程——以最近的例子来看，王祯和明显属于后者。

1991年1月13日《中时晚报》

维多利亚的秘密

美国最近出现一份女用内衣邮购目录，叫作《维多利亚的秘密》，据说这份目录印刷精良，模特儿个个体态动人、曲线玲珑、若隐若现，因而轰动一时。说穿了，这玩意儿正利用了男性的"窥淫癖"，同时也将女性"器官化"了，也就是说把女性的肉体作为一种可以分割的物品，真是充分暴露了当今资本主义社会男性沙文主义的恶质。

这份目录为什么叫《维多利亚的秘密》，笔者不太清楚，不过那确是个女人的名字。叫作维多利亚的女性不计其数，最有名的则是英国女王维多利亚，在位期间几乎纵贯整个十九世纪（1837—1901）；维多利亚女王十八岁以处女之身即位，维多利亚时代正是英国工业、科学、艺术、文学最为辉煌的时代，女王的晚年也得到"欧洲的祖母"之尊称。然而，在这个时代最重要的一位女作家乔治·艾略特（1819—1880）却是以男性的笔名写作，而没有使用她的本名玛丽·安·伊文思。

乔治·艾略特是一名优秀的女作家，却必须用男性的笔名加入社会，这是一件悲哀的事情。二十世纪这种状况毕竟有所改善了，就单以台湾而言，不论是在纯粹艺术的领域，或者通俗文学的范畴，女作家都占有举足轻重的位置，也常常以女性的身份出现在公众场合中畅谈创作观和人生观。

女作家因为具备了创作者的身份，很容易被误会为都是同一类型的女人。一种看法是将她们披上粉红色的浪漫薄纱，把她们想象成不食人间烟火的超凡仙子；另一种看法则有意无意地将女作家视为女性中的变态者，譬如说一名德高望重的学者，就可能告诫那些拥有创作冲动的女学生们："女作家一定得要陪主编们上床什么的，而且要有丰富的性经验……"这的确耸人听闻。

上述看法都有以偏概全的偏颇，其实女作家们就像是全体女性的一组缩影，各种不同性格、不同品位、不同造型、不同思想的女作家，有她们个别的艺术情调和生命尊严。而认识她们最好的方法，倒不见得是要共聚一堂、秉烛夜话，或者必须在演讲会场洗耳恭听、详做笔录，其实能够读透了她们的作品，才是认识她们、尊重她们的不二法门。因为成为一个作家的女人，她在这个社会中是以精神的深度和广度来面对群众，用作品来呈现自己的感情和思想，所以她们避免了"被器官化"的悲哀，容貌美丑和身材秾纤均不能影响她们的成就。

她们都是参与当代文化创造的角色。不论她们提供的是庸俗或高雅，说明的是女性的沦落或女性的自觉，女作家们都已和现代社会紧密结合，她们不该再是《维多利亚的秘密》中那些暴露胴体的角色。

1991 年 6 月 19 日《台湾日报》

都市中的诗人

都市中的诗人和都市中的老实人并不同义，不过这并非表示生活在都市的诗人都是不老实的，本文的作者指的是他们不只关起门来办办诗刊、一面吃下一盒苏打饼干，他们还有人的自觉，不过这种自觉本身对于那些公害制造者而言，简直不老实到危险的程度。当然，诗人的自觉多少渗入几分近似矫情的理想主义色彩，然而这又有什么关系呢，使命感只要不伤害人畜，毕竟是桩值得被赞许的愚行。

"在我个人的分类中（虽然我读的书经常不断地在分类，有时甚至在一页中出现二十次以上，但是在情绪上我还是排斥着分类，几乎是过敏性的），田园和都市是归在一类的，有别于纯粹的、非人工化的自然环境。田园、乡村、城镇和都市似乎只是人类改造地球不同程度的现象，固然前面三种阶段的人工环境必须在地表上保持相当的比例，但是整部人类文明史无疑将发展中的箭头指向都市化的路径。十八世纪末叶以来三度工业革命都使得欧美文学产生重大的变化，开始时诗人们根本无法面对冷酷单调的铁轨，嘈杂呆板的全自动化一贯作业系统，被时间表规格化的蓝、白领生涯，还有不具表情的电脑显示荧幕（荧幕制造出来的表情恐怕更令人心寒）；这些素材迥异于千年来诗人所习惯的田园山水和行走盛装人马的古典城镇，现代文明和诗这种高尚纯美的文体并没有带给他们任何可能结合的联想。不过现代都市终究是我们生活所面对的现实；其实，田园的景观也逐渐冷漠化了，在农业步入工商业化纪元之后，那一望无际的单一作物栽培只有在温度和色泽上与沙漠有所区别，这种残酷的重复和单调的本质又何异于都市中一式的水泥窝巢。"

本文作者接着呼吁：

"然而诗人进入都市以后还是诗人。现在循着铁轨旁的碎石而纵横全英格兰的豕草以及铁轨的本身都可以很自然地出现在现代的雪莱或是狄金森笔下；帷幕大厦表面成百上千的铜面减光玻璃、斜挂在升降机中的建筑蓝图和熔焊面罩，停留在垃圾桶盖上的白蝶以及报表机里吐出的穿孔纸张，这些景观也都名正言顺地成为诗作的部分，甚至主题。与其说诗人在适应时代、向文明投降，不如说诗人正紧紧抓住时代的咽喉吧，他们已超越了那个时代——那个专门写些像从《祈祷书》上摘录下来的、歌颂连翘属植物的肉麻文字的时代；他们进一步要摆脱千年来的隐遁和怀旧心态，而昂然抬头，以人的自觉与都市化的思考，去前瞻和关切未来。"

本文作者最后提出精辟的结论：

"既然生存在现代都市中，就做一个都市中的诗人吧。也许一个拔尖的律师光是每年所缴纳的个人综合所得税都足以购买下一千个诗人除创作外的全年工作量；不过都市中的诗人们仍然可以自豪，他们可以醉心地体会到许多大企业家丝毫无法感知的，成百上千个生活上的微妙；更微妙的是：在任何或奢或简的场合中，他们都能够在生活的冒险中求取心灵上完全的宁谧。"

希望读者接受本文作者的说法，当作谎言或真理都无伤。

1985 年 1 月 21 日《新生报》

哈洛尔德在台北

恰尔德·哈洛尔德是十九世纪第一个文化英雄[1]，当时欧洲因为工业革命而形成人口集中都市的现象，战争的阴影笼罩在人类的天空上，十八世纪后期法国大革命的失败使得隔岸的英国人感到失望。恰尔德·哈洛尔德在十九世纪的一〇年代游历欧陆，为英国人带回一部诗体游记的头两章，立即引起震撼，因为他以个人的心灵解放取代了集体革命的憧憬。

恰尔德·哈洛尔德对于人生的态度是怀抱着阴郁的，他发现自己和整个时代格格不入，他以纤细的思维和冷静的眼神，看见人类为了卑微的生存而阿谀、追随、钻营和求告。他怀抱着孤独感哀怜浊世，但他的抗议只是亲近自

---

[1]　恰尔德·哈洛尔德是英国浪漫主义诗人拜伦虚构的一个人物，也是"拜伦式英雄"中的第一位登场者。

然；他怀抱着对于古代世界的崇敬，但他在光荣的罗马和希腊只找到荒凉而反讽的废墟。

G[1]的诗令我想到了一百多年前哈洛尔德的诗，他们同样面临一个彷徨的时代（无论是"现代化／工业化"或者"后现代化／后工业化"），他们同样感受到孤寂和城市的腐败、人间的罪恶，而提出内省式的批判。

哈洛尔德在伊斯坦布尔看见狗群在街头啃食人尸，而G在台北见闻了十三岁的小菊在人肉市场跌落"精液的海"；哈洛尔德说"谁死了，没有一个人会敛起笑容"，而G说"今天又有二十万人和我擦肩而过"。

G冷眼观看台北发生的种种事件，从社会的变态到震撼人心的新闻，他是一个当代的哈洛尔德，虽然G不曾像哈洛尔德一般自英国向东方流浪，但是小小的台北却像是精巧的晶方一般吸收了整个世界的虚伪和黑暗。他们同样生存在一个没有光荣也没有历史感的故乡，在英国失去了尊严的时候哈洛尔德起程了，在台湾总是寻觅不到身世定位之刻G的诗也起程了；他们都在虚浮的城市之光下洞察着离开了"心"的人群和社会，他们都是永恒的失眠者。

从1980年迄今，G发展了一套自己的语言，偶尔我们看见了《大台北地区电话簿》这种特殊的表现方式，但是

1　G指焦桐。

大致上他的诗体有一贯的特征：明净的语言、散文式的文法、夹叙夹议的结构，以及一种孤独、冷静而悲悯的观点，这多半也是《恰尔德·哈洛尔德游记》的特征。

如果诗人不是困居在书房中的修辞工匠，那么生活与行动本身势必改变了诗在语言上求浓缩、求密度的公式，因为一个漫游者一旦发现了他所经历的各种不可忍受的谎言，他必然不愿在自己的诗上加套语言的面具。

况且，在哈洛尔德的时代也好，在 G 的时代也好，都是诗的变革时代，往往有一套秘藏学院的诗法等待他们颠覆，哈洛尔德时代的"雪莱派"将戏剧的素质和诗掺和，而 G 的时代的诗加入了散文的议论和小说的叙述已经是一个不可避免的趋势。

1994 年 1 月 28 日《中时晚报》

植物分类法

根据现代植物学家的知识，菲律宾群岛的植物约有一千三百多种，但是根据当地人的植物分类法，可以将当地植物区分出一千八百多种。至于一般观光客，认得一百多种就不错了。

简单地说，认知方法不仅仅只有一种，有的依靠科学，有的比较依靠哲学，有的则端赖直觉。对于西方的植物学家而言，计算菲律宾的植物分类，是要完成一些现象的分析和地球植物分布的概况图；对于菲律宾人而言，长久以来他们依靠这些植物做药、做家具、做武器以及食物，因此他们发展出另一套更精密的分类法。

要区分出一千八百多种植物的前提，是足够使用的语言符号，他们必须标示出植物的名称。换言之，没有植物的名称，所有的分类就丧失了意义。

如何描述，是人类文明发展中重要的一门学问。英语中至少有五十万个单词，但是根据最近英国方面对于电话用语的统计研究显示，百分之九十六的电话会话，使用语言的范畴限缩在七百三十七个单词之中。

这表示，英国人在使用惯用语的时候产生了描述能力退化的现象。如果相关于植物的语言只有"森林"一词，那么我们就不可能看到"森林"之中的任何植物。

语言是人类观察、描述世界的窗口，充分的语言能力使得我们能够清晰地分辨、思索各种事物；缺乏必要性的词汇来形容我们所目睹的经验，就会使得经验流失。"现代人的词穷"，最大的困扰就在于如何把那些内在的情绪和外在的经验具体地表示出来。

过去我们会认为消灭一种文化的方法是消灭其语言，现在我的想法改变了，消灭一种文化的方法仅仅需要让其语言退化。菲律宾的伊富高人有二十个词汇指称稻米，沙漠上的贝都因人有数百个阿拉伯语用以描述骆驼的特征，如果这些语言都不存在了，伊富高人可以改吃汉堡，但是买不起汽车的贝都因人将因为无法驾驭骆驼而死在沙漠里。

大英帝国全盛时期的十九世纪，他们的字典在一百年里增加了二十万个新词；现在受到十六年教育的英国人只能使用全部英语中的五千词。至于写作，二十世纪末的人类更显得力不从心了。这是影像社会的恩赐，当教育系统也被影像的直觉感知模式侵占之后，形成的结果是文字、语言能力的普遍退化，相伴而生的是整个社会思考能力的退化。

当美国、日本的国民识字率都达到百分之九十九以上的二十世纪末，一个"新文盲时代"已经悄悄地降临。

1993 年 5 月 2 日《时报周刊》792 期

卷二

针尖上的天使

锁的家族

当你费尽千辛万苦，总算锯开那座挂上大锁的保险柜时，最令人沮丧的莫过于发现里头不是一堆闪烁耀眼的珠宝，而是另外一千个挂上小锁的小箱子。

在保险箱没有打开的时候，任何人只看到一枚生锈的大锁，剩下的一千个小锁要等到解开大锁后才会幽然呈现。

"解严"，就是这么一回事，隐藏在"大戒严"背后的无数"小戒严"告诉我们，"锁的家族"可不是那么好对付的，它们早已分身千万，悄悄锁住无数人的心。

安部公房的《砂女》早就说明了这种状况，一个被关进砂洞的男人千方百计要逃离拘禁他的世界，直到有一天，他确定可以逃亡的时候，却回到囚禁他的砂洞中。

安部公房笔下的荒谬情境不也发生在"解严"后的台湾？学校、军队、基层官僚……这些具有封闭性质的小箱子仍然挂着当年的小锁头，不但得解开它们制度上的锁，也得解开箱子里那些人们心头上的锁。

何况，"政治解严"只不过是一次"解严"罢了，新的禁忌、新的戒严又会不断增长。譬如，现在谁提统一，不问内容，就有人批评其为台湾的罪人，这难道不是一种新的戒严吗？

玩过俄罗斯方块的人都晓得，只要你一歇手，就会产生新的墙。"解严"是一系列不断进行的过程，而不是一役毕其功的革命，因为人类的社会本身就是迷思的温床。

1993 年 5 月 29 日《联合报》

肖像族

　　人类有个"亚种"，名曰"肖像族"。"肖像族"分布在古今中外，不论肤色、阶级，这些"肖像族"冥冥中突破了遗传因子的差异，而形成一个和人类文明同其始终的源流。他们共同的特色在于，他们一生都在规划自己的形象，他们相信他们的形象可以取代生命终有生死的缺憾，以金、银、铜、铁、锡或者各种比例的合金将那些一瞬间的形象凝固下来，而且耗费材料愈多，制成品愈庞大，他们曾经在这个世界露过脸、说过话或者杀过很多动植物（包括各种肤色阶级的人类）的事实便能够永久地保存下来。

　　他们不会满足于被制成职棒卡或者电影看板人物那一类"流行"的角色，"流行"是距离"永恒"最远的一个词汇；那些因为跳到大海中救人或者抢救火灾而蒙难的纪念铜像也不是"肖像族"的成员，因为他们缺乏以自我为世界中心的意志，相反地，舍身救人是一种抛弃自我的举措。

　　所谓"活着的死人"，所谓"不朽者"，所谓"与同胞们长相左右的圣灵"，都是"肖像族"的别号。在现存的君主世袭政权和独裁体制中，从生物的人类变身为国家民族或者宗教象征，正是"肖像族"在世期间就已经开始进行的简易方程式。

　　在当代的科幻小说中，"肖像族"的面貌被创作者清晰地揭示给平凡的人类，乔治·奥威尔《1984》里的"老大哥"是个绝佳的例子，张系国《铜像城》中的索伦城铜像又是另一个，前者是"肖像族"的本体透过传播与监听系统而扩张的恐怖幻象，后者则是"肖像族"的集体潜意识象征。有时候，科幻小说的内容比写实作品更容易触碰到许多生命现象的真貌。

　　从以上的角度予以思考，我们可以发现所谓"民主"一词，未尝不可以诠释为"人类本身的一种自疗过程"，目的是消灭那些自文明的病态中衍生而出的"肖像族"。"肖像族"不再是鼓励人们奋发向上的模范，而是压抑芸芸众生，意图以群众的自卑感作为接着剂，来达成道德诉求。

　　最近有人拿元首肖像做文章，认为现任元首挂在侧墙是大不敬，想要扶正肖像的位置，取代旧制的陈设方式。其实，规定机关团体与学校教室悬挂元首肖像，本来是大不列颠帝国、马来西亚联邦等主权国家以及马尔克斯笔下那种独裁者政权的"肖像族"情结。新教拿掉了天主教十

字架上的基督像，还是留下了十字架，就宗教演进史而言
这仍是不完全的"进化"；关于本地元首肖像的悬挂问题，
大家的思维如果只停留在"以物易物"的阶段，那就是昧
于时势了。

1993 年 3 月 28 日《时报周刊》787 期

捕手与投手

八十年代后期台湾"解严"后，迄今已有五年光景，在这段期间，文化界和文化性媒体都出现了很大的改变。以传统的文学副刊为例，过去大量刊载创作稿件的情形已不多见，大量出现取代小说等文学作品的是时评性、趣味性的杂文，此外是报道和文化评论；换言之，过去的文学狂热已成为明日黄花，主流副刊从文学焦点过渡到文化焦点，有的副刊则以生活趣味或者泛政治言谈为内容所系。

文学／文化性杂志的走向也愈来愈趋向时兴的社会性议题，因为两岸关系的实质进展以及后冷战时代国际情势变迁对台湾微妙的影响，整个思想导向虽然呈现多元缤纷的画面，但是文化立场、政治倾向和思想指导原则却明显地出现急遽递嬗的季节性变化。不久之前，"二二八"和独派文化理论还是炙手可热的流行议题，就连素以"忠党爱国"著称的若干文人都突然"茅塞顿开"；最近后殖民论述的观念引入此间，回归纯洁的台湾原型又成为被批判的虚诞梦幻。层出不穷的"流行标签"一张叠上了一张，被抛弃的落伍议题和理论，除了不具备"换季大拍卖"的剩余价值之外，和时装款式的淘汰没啥两样。

在副刊版面上我们看到各行各业人士各种泛政治化的言谈跟随着新闻跑；而在新闻性刊物上我们又看到原本属于文化／文学界的人物自有限的文化空间疏散出来，成为不同阶级、不同意识形态的代言人。

五六年间，媒体在急速暴增之后又急速减少，真正不断生产爆炸的除了无限量增殖的知识体系与各种资讯之外，那就是在我们岛屿上不断诞生了各种声调和音质的意见领袖，这些意见领袖有的是重新拼装出厂，外壳焕然一新，有的则是刚刚出炉，香脆可口。

这些从"白洞"中喷放出来的意见领袖，往往目光凌厉、神采飞扬，对于新观念能够即时反馈，对于新闻事件可以弹指破解，丰富了台湾言论市场的有限橱窗。

如此情境令人感动，但也发人深省。因为绝大多数新兴的意见领袖都是捕手型的意见领袖，他们接球接得准，暴投时也会闪得快，这个时代的每一个事件一旦被媒体当作一记好球抛出，他们就能心领神会，上至"府院"斗法、下至拆迁户抗争、左顾中南海微波、右探美利坚选举风暴，一一沦入手套之中。

　　然而我们更需要优良的投手，今天能够接球的意见领袖太多，但是能够投出好球的太少；我们缺乏能够建构一套缜密理念、发挥建设性思维的本土意见领袖。整个台湾言论市场中已经有太多危机处理专家，一支只有捕手的球队，这桩事实本身就是危机处理专家本身无法解决的文化灾难。

1992 年 11 月 8 日《时报周刊》787 期

善　棍

转瞬间，历史小说家高阳过世已经一年多了，追缅前贤，除了哀思之外，倒是想起他在《红顶商人》这部小说中提到过"善棍"的观念。

借晚清大资本家胡雪岩之口，对于"善棍"的批评是这样的："善棍就是骗子。借行善为名行骗，这类骗子顶顶难防。不过日子一久，总归瞒不过人""什么事，一颗心假不了；有些人自以为聪明绝顶，人人都会上他的当；其实到头来原形毕露，自己毁了自己。一个人值不值钱，就看他自己说的话算数不算数。"（《红顶商人》第七十四页）

就小说而言，胡雪岩一生倒真有不少时间花费在和"善棍"周旋上，他深刻地体会到"做官跟做生意的道理是一样的"（《胡雪岩》第一百二十四页）。当然，官界与商界是充斥着"善棍"的。胡雪岩所以和"善棍"不同的地方，就在于说话算数。说话算数，"善棍"便成"善人"。

至于那种说出的话无法检验的，而且可以粉金饰玉的，就是"神棍""教棍"了，凡事可以归诸超自然的逻辑，或者依托来世；这时候他"值不值钱"无法"看他自己说的话算数不算数"，而是看传播界"买账不买账"。

相对的"恶棍""善棍"者流毕竟只是对自己说的话"消极地"不作为而已，在人情练达、场面挂帅的社会中，"善棍"基本上是有其必要性的，就连高阳笔下的胡雪岩也有说出口做不到的难堪之刻，何况在芸芸众生中翻身打滚的俗人，能够心存一念之仁已经难能可贵。至于"神棍""教棍"，鱼目混珠在宗教界中，道行即使不高，多少也能予人精神上的依托、生活中的力量，他们倒是永远不被揭穿来得好，否则不知有多少善众顿失所依了。

"出世"的"神棍""教棍"找来政商界的"善棍"，合照几张，登在"善书"上彼此两利，"善棍"有大师护持、"神棍"有场面人物支撑，相得益彰，这象征着社会安和乐利、物阜民丰，祥和之气充塞天地之间，更是台湾之幸；光就这点而言，"神棍"与"善棍"不知不觉做出了巨大的贡献，虽然我们不必期望此地变成仙乐飘飘处处闻的人间仙境，但是总可以多一些美好的幻想，譬如说：也许有一天看守所可以都改成宗教图书馆矣。

唯一令人忧心的是，"善棍"和"神棍""教棍"摆错了位置，在政商界出现了满口经文的"神棍""教棍"，而宗教界却出现了做生意的"善棍"，这才叫作真正的灾难。

1993 年 5 月 30 日《时报周刊》796 期

针尖上的天使

"一个针头上可以容纳多少天使跳舞",这个问题和"骆驼穿过针孔富人就可以上天堂"并列为西方文明发展史中最有趣的哲学思索,而且都与"针"发生关系,"针"成为"针锋相对"的争议事项。

科幻作家阿西莫夫说:"每位天使,只要他爽,可以一丁点儿空间也不占,那么一根针头上自然可以容纳无限个天使曼舞其间;不过问题要是变成了'一根针头上可以镂刻多少个字',那么大家自然知道要镂刻无限的文字是不可能的,因为每个字都占有空间。"

但是,它们占有的空间可以非常小。依据科学家的说辞,一根普通的针头约五十分之一时宽,在这五十分之一时的"毫毛空间"上却可以含有四兆(4×10^{12})原子。

阿西莫夫曾经做过一个假设,他试图将这四兆个原子划分成许多方格,方格每边各有十二个原子,也就是每个方格上各有一百四十四个原子，那么一根针头上就会出现近两百八十亿个方格，每个方格上都可以刻上一个字母。

一部《大不列颠百科全书》约有五千个词汇，把它们全部挤进一个针头上，占据的只不过是大约百分之一的空间。

换句话说，把其他百分之九十的篇幅用来登录人类历史上最重要的著作，一根针头就足以负载起人类数千年来一切成就的精华。有趣的是，利物浦大学一群研究者已经证实这项工程的可行性，已经把百科全书的一部分镂刻在一根针头上了；假以时日，人类甚或可以发展出让骆驼穿越针眼的办法，好让资本家们都荣登天堂之门。

一个针头可以容纳如此多的资讯，全赖超导性科技的奥秘，事实上这种科技的发展已冥冥中改变着我们的生活。

的确，这是一个资讯时代，不仅仅是资讯的"爆炸"，也包括了资讯的"浓缩"；从文本主义的观点来看，如果这个世界的概念是由文字所创造的，那么整座天堂的文字叙述也可以浓缩在一根针尖上，遑论天使了。

可怖的并不是科技的发展，而是人类的理性和判断却没有因为资讯的发展而显现更为完美的范例。

在台北的日常生活中，社会上每天都有各种令人惊诧的事件发生。我们发现，尽管大众传播媒体不断趋向多元化，尽管同一个问题可以引发出各阶层人士的多元看法，但是对于决策者来说，每个针头上都只能站立一个答案，这就是为什么事事都落得"针锋相对"的原因。

针尖上的天使如果只有一个，必然会变质为堕落的天使。

太阳与涅墨西斯

涅墨西斯是最古老、最受崇敬的希腊女神之一。她在神话中初始的角色，是命运中的报应观念，也是命运的化身；后来逐渐演变为惩罚女神，惩治过于享乐者和傲慢者，最后她成为复仇女神。

涅墨西斯的造型是个沉思却充满精力的女性，天平、龙头、剑、羽翼和怪兽格里芬驾驶的战车，分别用来象征均衡、控制、惩罚和敏捷。她是罗马时代士兵最崇敬的偶像；在俄罗斯诗豪 A. C. 普希金的笔下，涅墨西斯是人民对贵族体制抗议时浮现的复仇面具，也是世间不公义力量的最后终结者，"他们不会看到人民，所露出的涅墨西斯的脸"，这样的诗句，使得涅墨西斯不仅是诸神对人类的惩戒执行者，也成为近现代文学中人民对不义政权的愤怒化身。

1980 年代开始，天体中出现了被命名为"涅墨西斯"的一颗星；严格地说，天上的那颗"涅墨西斯"仍然停留在假设阶段，它诞生于"双星理论"。

没有人目睹过涅墨西斯，就如同涅墨西斯从不亲自露面指导复仇者。据称天体中有些恒星是成对互相牵引的，银河系中大多数的恒星都是以"双星"形态存在着。以人类的观测角度来说，较亮的那颗是主星，较暗甚至隐匿起来的那颗则是伴星。二十世纪八十年代初期提出的"双星理论"就是假设太阳也拥有一颗尚未被侦知的伴星，以数千万年的周期环绕太阳周围。在六千五百万年前，涅墨西斯穿越奥尔特星云时，为太阳带来无数飞窜的彗星，在数十万年的期间不断碰撞地球，使得恐龙的生态纪元被彻底摧毁。

如果涅墨西斯果真存在，那么它与太阳的关系就是一桩无法分离的奇妙婚姻，既联系为不可分割的连体，又形成彼此破坏的状态。涅墨西斯与太阳的假设关系在目前科学领域中是无法被证实的狂想曲，但是它们的关系却是人类命运与意识的典型寓言。

本土意识和泛民族主义的关系其实正是如此，举世皆然，互为对方所憎恨的主星，也互为对方所无法抛弃的伴星，只不过一隐一显，站在不同的角度就可以颠倒其角色。

人生祸福相倚，原来是老生常谈，不仅是不足为训，简直是令人觉得肤浅的宿命观。但是，能够发现主星之后的伴星，看到事物背后的阴影，却必须有智慧、有远虑。

也许再过六千五百万年，涅墨西斯终于重返，那的确与今日的人类无关宏旨，但是近在眼前的事物却处处隐藏在我们的视线前，此所以"少数"与"异端"存在的功能。因为"少数"与"异端"往往不经意地发现了大多数只看见太阳的人所看不见的涅墨西斯。

1993 年 7 月 11 日《时报周刊》802 期

拉奥孔与集体歇斯底里

　　关于拉奥孔的神话传说、文学描述、艺术呈现等等，在西方美学史上是一个非常著名的课题，但是我们现在先返回最原始的"拉奥孔情境"中。

　　拉奥孔是古代特洛伊城的祭司，当特洛伊和希腊的战争持续了十年之后，希腊人佯装撤退，特洛伊人决定将希腊人遗留的巨大木马推进城中讨好雅典娜女神，只有这拉奥孔一开始便反对这项措施。当希腊人的反间谍向特洛伊宫廷献策拖回木马，拉奥孔仍旧感到怀疑，这时海里升起两条形状恐怖的大蛇，它们直接登陆、滑向拉奥孔，将他和一双儿子都活活缠死。于是特洛伊人用歌声和欢呼，将死亡引进他们伟大的城市。

　　难道全特洛伊人都是愚蠢的吗？为什么没有人能够思考一下拉奥孔的疑虑？因为在胜利的冲击下，所有的特洛伊人都陷入一种集体歇斯底里的情境，任何来自理智的呼唤都只是一颗跌落大漩涡中的小石子，激不起涟漪就沉沦消灭。

六十年代埃利亚斯·卡内蒂完成的《群众与权力》一书，就已经描述了一整大套如"动物族谱"般的人类分类法。

结合成某种类型的人群，往往对于个人的精神健康具备正面的影响，将不同的人格组织起来就会激荡出无限的创造力出来。宗教团契、政治党派、文艺结社乃至各种公益性、服务性团体，它们各自有其精神上的信条。在日常情况下，这些组织提供了个人的某种归属感，但是却没有控制个人意志的束缚力。

在某些特殊的情况形成时，尤其是当社会整体的气氛持续处于某种紧张状态之下，就会出现"卡内蒂型人群"，像持续战争十年的特洛伊人、二次世界大战末期的日本人以及引发美国版"二二八"事件的疯狂教徒们，他们的成员共享了一种特殊的生命节奏，使得原本正常的逻辑和判断能力不再适用于他们。很多时候，我们的命运和福祉是系诸一群呈集体歇斯底里状态的人手中。

近年来呼吁各级议会停止暴力问政的声音甚嚣尘上，每天都有业余的拉奥孔在媒体中出现。其实，代议士们一旦步出议场个个深明大义、论理清晰，该宽容的宽容、该道歉的道歉，显然这不是他们个人理智有什么结构性的问题，但是一旦踏入会议场中，议事棒槌一敲就好比是催眠师的暗号，三党四派立即化为三群怪兽，随时会爆发连锁性的肢体冲突。久而久之，所有的议场不论总出席人数有多少，最后只会剩下"三个巨人"，在这样的场所，所有的"第四个人"都是被命运牺牲的拉奥孔。

环境可能是形成集体歇斯底里的重要因素。据说色疗法对消弭暴力有一定的成果，如果议场上全部采用粉红色装潢，不知是否产生具体的疗效？

1993 年 5 月 16 日《时报周刊》794 期

"蔡诗萍"们

人生际遇各有幸与不幸，以唐宋八大家为例，在他们的前中年期也出现得失各异的命运。韩愈三十六岁时自监察御史被贬为阳山县令；柳宗元三十三岁时自礼部员外郎被贬为永州司马；欧阳修三十七岁时，还在抄写皇帝的起居注（龙体观察日记），两年后就被贬官滁州；苏洵的整个前中年期都在"发奋为学"，为进入官僚体系而苦斗；他的两个儿子，叫作苏轼的在四十三岁的时候得罪当道下狱，叫作苏辙的在四十岁的时候因为兄罪而贬为小吏。比较得意的只有曾巩和王安石，前者三十九岁中进士，而后者在三十六岁时获得欧阳修推荐为群牧判官，逐渐迈向事业的高峰。

从八大家的例子来看，中国古人的前中年期真是大起大落的关键岁月，个个汲汲于功名，要不然就是忙于治伤（因为贬官）。中国一直到了北宋才进入"准近代期"（在世界史上却已经名列前茅），服务业、金融业刚刚兴起，但是标准的官僚体制仍然是"中央"集权的政府，以唐宋八大家来看中国古代男性"上班族"，看起来像特例，其实有它的普遍性存在。在中国古代是没有什么浪漫观念的，那些前中年期的读书人满口只是"立志""明道""养气""师古"之流的滥调，其他口腹性器之欲都是台面之下的玩意儿。简单地说，那些家伙年轻时就已经"中年化"了。

时值二十世纪末，千年转瞬幻灭，男性前中年期成为浪漫时兴的名词。在东区一家 Pub 中，一群肩勾西装的前中年期超级男孩正准备推门而出，这时坐在吧台前的你只要一声："帅哥！"那些"蔡诗萍们"会不约而同地回头张望一下。这些深夜不眠、衣冠革履的社会新贵全然不是旧典范，他们既不像日本人也不像美国人更不像"唐宋八大家"，他们是二十世纪末的本岛前中年期浪漫族土产。

这群"蔡诗萍"通常是一些虚无主义色彩浓厚的新形态中高级主管，或者高所得的自由业者，保持着自我中心派的特质和注重品位的形象，无论从事的是什么行业，他们懂得自嘲、拥有自信，知道自己的野心到什么阶段会被命运截止收件。

在事业上，前中年期浪漫族男性将事业和职业区分得非常清楚，所谓事业是那种你想干却永远没有时间干的东西，所谓职业则是提供休闲时间的物质基础。这种情况，我们可以引申出前中年期浪漫族男性的事业定律第一条：

　　当你发现在同一官僚体系中所有竞争的对手，他们的年纪都大你十岁以上，这表示如果你总是恰巧没有升迁或转业机会的话，你事业上的青春期已经确定结束了。

　　简单地说，有资格浪漫起来的前中年期男性，通常已步入事业的高原期，原先提供擢升条件的学历、家世、长相以及人际关系都已进入无效期，这些提早让一个有智慧的男性进入不适任阶段的条件，如今只能左右逢源地发挥在工作场域之外，而不是日益显得左支右绌的办公室中。因此我们也可以推论出第二条定律：

　　你对于工作的厌倦感和对于女人的厌倦感成反比，但是对于工作的依赖却和对于女人的依赖成正比。

　　不可讳言的是，前中年期浪漫族男性的性能力和性技巧也恰好是成反比状态，从有勇无谋的实力派而转进为有为有守的技击派。这时候，他们的专业癖好将自原本的职业领域中转移到职业领域之外，某种"型"的女人（譬如说很像小学二年级导师、有张雀斑脸的女孩）、某种"型"的运动（譬如说在 Pub 射飞镖）等等，成为一种自我人格的外延。

这些优雅的前中年期男子自有他们的爱情行为法则，当他们不是独身的时候，他们会遵守恋爱定律第一条：

寻找婚外情而不造成家庭危机的最佳方法，就是寻找和你有相对等顾虑的女人。

但是台湾的前中年期浪漫族的特色却在于大部分都是单身者，所以前述恋爱定律的内容就必须修正为第二条：

寻找爱情而不造成事业与个人心灵危机的最佳方法，就是寻找和你有相对等顾虑的女人。

当然，他们自然懂得——无论在现实上是否经过实际的挫折——不要欺骗无辜的处女，因为失去处女身份的前处女是毫无顾忌的浪漫杀手。但是"有相等顾虑的女人"也有很多例外，譬如说女上司和女老板，譬如说朋友的女朋友，又譬如说在自己办公桌视线所及之处的女人，这些一大堆例外都是饮鸩止渴的对象，而且也太过老式，那是前一世代男人毁灭自我的老把戏。

前中年期浪漫族男性爱现在外而中道在心，他们其实非常拘谨，比较成功的成为媒体上的新性感的感性男人，普通的窝在他们聚会的地方或者成为流动的街景。他们是属于某一群女人的某一群男人，因此对于一般女人而言他们是无害的、可远观而不可亵玩的、对人人都热切但是内心冷淡的朋友，偶尔的例外可以当成哥儿们。如果一个女人被他们看上了，而且这个女人是"某一群女人"之一，那么她自然和他们互相成为搜集品；如果一个女人不属于"某一群女人"又被这种男人看上了，也没有什么好担心，因为这表示他已经准备迈入自己生命中的中年。

1993 年 2 月 14 日《时报周刊》781 期

卷三

大师制造者

目击者 I

　　我耐不住性子地踱步跨出骑楼，站在街道边缘，等待阿莉下楼——她正登上四楼把英文打字机送还朋友。忽然，冰凉的一波水滴击中我的头顶，我吃惊地昂首，透过挂满水珠儿的眼镜，朦胧地发现二楼临街的一面窗户被几个熊猫似的影子占满着；严格地说，他们是站在突出楼壁的铁窗上。

　　我横过街面，在对街处把眼镜擦拭得晶亮，重新戴上后才看清那三个还不断向我射水柱的小孩。很多事情，果然要把距离拉远些，才更能看得清晰。

　　三个不满六岁的孩子被条纹铁窗划割成无数部分，六双立体的小手戏剧化地伸出规整的框格，像一副嵌在铝缘中的超现实小品。他们的脸庞若只挂着调皮也就罢了，更带着一份过度的早熟，多半是看多了电视而出现的知识爆炸并发症早期征候。两个大些的是姐姐们，还有一个特别矮小的男孩。

　　一会儿，他们发现在一阵开心后，对我的射击已经变成一件最最无趣扫兴的事情，"喔，这局外人啊！"他们必定如此想，于是他们又开始互相射击。大姐拿浇洒兰花用的喷雾器把二姐的睡衣弄湿了好大一片，小弟持反手枪弄得自己一头雾水。不久，老大消失了，紧接着寓言式地出现在隔壁的铁窗架上，分成两国战争起来。

　　战事不出所料地再度遭到小朋友们的厌倦，三个湿淋淋小家伙又聚会在同一格窗子里，三十根小而肥嫩的手指抓住铁杆，专注地看着人车经过，似乎这才是他们真正不会厌倦彻底的事业。

　　老人们在都市中逐渐凋零，以往他们总是在阳台上乘凉，在无数的白昼里充任都市最佳目击者的角色；现在呢？不是因为太老而退回卧房，就是闲适地在郊区疗养中心的花园里散步；学龄前的孩童替换了他们，小朋友们诚实地在水泥块的格子窟窿中向外望着、监视着街道，他们是现代的都市目击者，把液体般的童年用水枪射向街道。

1985 年 1 月 21 日《新生报》

目击者 II

　　各报近载消息一则，有关某目击者对一桩监狱暴行的指控。目击者 C 君和"暴"毙的受刑人陈君有同"窗"之谊，据称 1987 年 11 月某日清晨他和两位同"镣"出公差到看守所的炊场杀猪。上午八时，他看见陈君五花大绑在担架上，搁置在该看守所的中央台附近，管理员 X 以消防用水皮管抽打陈君的脚部十余分钟，再抬至备勤室靠近女所空地"施以教化"（此句成语见《监狱行刑法》第六章《教化》第三十七条），此刻管理员 Y 则动用起三节式钢制警棍撞打陈君结实的胸膛，不料陈君竟口出恶言，Y 遂祭起飞腿踢击那颗公然反抗"戒护"的脑袋；绰号大捕头的 Z 管理员也躬逢其盛，加入行列……

　　十时三十分杀猪完毕，C 君总算离开目击者的岗位，根据所方说法，十一时许陈君送医，延至当日下午五时二十五分宣告不治。

滥用公权力致犯人于死，中外皆然，何独此间为烈，似乎也并非什么民族的奇耻大辱，何况目击者 C 君和陈君同属受刑人，自不无"犯犯相护"的可能性，因而证词的可靠度仍待考察，在积怨之下，难说为受刑人擦汗的善举也会被罗织成违反《监狱行刑法》第二十三、二十四条的私刑。因此我们不妨把这则消息当作"小说"来看。

当作"小说"来看，就出奇地有意思了，其一是狱政人员借公义之名而行犯罪之实，罪犯反过来成为受害人，多少有几分"报应不爽"的味道，所谓"地狱变相图"横陈于人间，可资世人借镜。其二是目击者 C 君的奇遇，实在十分戏剧化，一面低头杀猪、一面侧头偷窥刑求现场，令人想到大导演科波拉执导《现代启示录》中一幕有名的蒙太奇表现——马丁·辛砍杀马龙·白兰度的画面，和土著砍杀公牛的祭典场面交替映现，电影和现实之间，竟然有如此贴切的互涉关系，真是妙绝不过，足供拍案。

《现代启示录》里马龙·白兰度统治的那个"公社"，是否也会发布老大暴毙的真相？

1988 年 1 月 9 日《民生报》

搜集者

从小，他们就在良好的教导下诚恳地信仰证件的权威，师长们异口同声地告诫他们这些战后世代："没有一流学校的文凭，出社会哪里会有出息！"

因此，获取文凭的欲望就是条无形无影无声无臭的强力缰绳，箍紧他们野马似的、狂放不羁的青春，朝向悬宕在终点上空的文凭全力冲刺。渐渐成长，每个青年也愈加明了现代社会信用个人的方式泰半借由各种证明文件。他们知道，证件不但可以遮雨一时，也可以当作飞毯使用。随意摊开报纸的分类广告，求才栏里俯拾皆有如下范例：

某大企业诚征 ×× 人才三十岁下大专役毕有机照
请携历照自传及证件亲洽 ×× 路 × 巷 ×× 号 × 楼

一口气可就要应征者提出身份证、大专毕业证书、退伍证明以及摩托车驾照四种证件；要是甄选主管级的人手，那么没有硕士文凭是很难被主试单位接见的。总而言之，都市人大部分都被培养成证件的搜集者，不管在搜集过程间表现的是热衷莫名或是无可奈何。

搜集证件是一种最典型的搜集行动。久而久之，他们可以悲伤地发觉自己在社会的存在竟然反过来依仰这些扁薄的被搜集者，也难怪不太健康的宿命论会在二十世纪继续流传。的确，对于证件的搜集嗜好也有站在非功利立场的情况，有人弄一张什么红十字会急救员证书的，倒不是真为救人，只是把搜集本身当作消遣，他很快又会想弄一张潜水员证书的。另外有些人想搜集几份无关痛痒的证件，纯粹只是为了证实自己竟然活在这个虚幻的世界上。

有些证件则特别的神圣：相不相信，极少数的家庭，他们的檀木供桌上已换上了绿卡。

某些人一生只搜集梦，直到足量的梦掩埋了现实的自我。

另一种人则终身搜集钞票和股票，只为用它们叠筑一座有规模的绞刑台，好架高自己，以便把肥腻的颈项伸入撒旦为入伙者准备好的绳圈里。

1985 年 1 月 21 日《新生报》

大师制造者

　　大师制造者，他们有种药，一滴就把一颗苔藓放大成阳明山那么大，一粒保丽龙球也会胀成月球般大小，不过它们仍然只具有原来的质量和结构，这或许是唯一的缺点吧，还好不会糟到致命的地步，否则药与魔术都不可能继续存在下去。

　　所谓出土大师的制造流程较为繁复，滴药以前，有一大串的工作：先要塑造人偶，布袋戏人偶大小即可，反正到时候再放大；然后得特地挖个一台尺见方、深约十五厘米的土坑，丢入人偶，再覆上原来的土壤；关键性的一刻终于来到，大师制造者喘着气在上面用力跳三十三下，之后，挖出来那尊满脸裂痕、手足不全的便是了。现代的大师制造者从善如流地吸收了品质管制的概念，如果出土大师看起来不够老旧，大师制造者或许会再扳断几根手指、多涂些泥巴上去什么的，才滴上神奇的药水。

人工大师的药效虽然不超过百年，在当代却几可乱真。大师制造者们也常办大师动物园，真的、假的，一个个摆入纸张和文字所构成的牢狱里。

大师制造者，他们本身都长得像一棵神木，不论站在哪里，都是最高的，高过一切他们制造出来的大师；然而他们总是隐藏幕后，慈祥地收回那些因药效丧失而缩回原形的过气大师，一一把他们挂在自己的臂上，像一列树叶。不过，在大师制造者坚韧的树皮下面，竟然完全是草本的。

是的，的确完全是草本的。

是的，的确完全是我所目睹的。

1986 年 11 月《中外文学》

母　亲

　　母亲用温柔的眼神轻轻地哼唱：

　　"乖宝宝，宝宝乖，静静安眠静静睡；乖宝宝，宝宝乖，美丽月色令人醉……"

　　"不要！"孩子睁大眼珠，"我不要听歌，我要听妈咪说故事。"

　　母亲笑了，她的脸庞在柔和的夜灯照耀下显得格外圣洁，她轻声说：

　　"好，你要听故事，妈咪就说。"

　　她的瞳睛仿佛是注视着情人，的确，孩子就是她的情人。

　　"从前，有人坐飞机经过非洲。"

　　孩子听到非洲，没有什么理由就咯咯地笑出了声。

　　"驾驶飞机的叔叔喝了一瓶啤酒，就随手把酒瓶丢到飞机外边。"

孩子笑得更大声了，他上气不接下气地问："那个酒瓶是不是砸到了一个小黑人？"

妈咪摸摸孩子的前额，拨弄着那浮泛着红褐色的发丝，她仍然笑着：

"聪明的孩子，那个酒瓶当然砸到黑人头上了，不过不是个小黑人，而是个……"

"大黑人！"孩子抢答。

"嗯，的确是个大黑人，一个又瘦又高的大黑人。"

孩子狡黠地看着说故事的母亲，他早就听母亲说着同样的故事至少一百次了，但是他已经懂得欣赏女人变幻的瞳睛，那种雾茫茫的光晕。

"咻——"母亲发出滑稽的音效，"那个酒瓶就砸在大黑人的头顶。他摸摸脑袋，抬头看见天空有一只铁鸟飞过去，呀，他想，这个瓶子是上帝送他的礼物……"

孩子睡着了。母亲轻叹一声，离开孩子，走进幽暗的厨房，她倒了一大杯的威士忌，狠狠地灌入喉管。

W 的化妆

有一次我突然想和她说一句话，W 却先开口了：

"你想说的是——'化妆后的你才是真正的你，卸妆时的你只不过是一具空白的躯壳'吧。嗯，这种腐朽的论调，你实在应该学习成为一个女性主义者。"

"女性主义者"？我开始为自己短绌的言辞和荏弱的智慧感到羞愧，而且充满了无力感，轻易地被 W 吐烟的姿态征服了。自 W 缩成 O 型的唇间徐徐喷涌的烟柱，如怒猊渴骥，兵分数路横越咖啡桌上的摆设，完全包围了我的视野。迷蒙间，W 化妆的脸，似笑非笑。

喜欢红色的钟，喜欢健康的神父，W 还喜欢转述某诗人的警句——"所谓伟大的都市，是拥有杰出男女的地域；然而纵使只有一张床，那也可能是一座最伟大的都市"，但她深深痛恨被压抑的感觉，所以 W 会坚持一种特定的、不使她感到屈辱的体位。其实我相信她绝对是害羞的，而且总是那么诚恳。面临任何一个值得相处的陌生男子，W确实会即刻沉淀在初恋般的专注、好奇与兴奋的氛围里。W很明了自己被类型化的危险性，这点不待我提醒，因此，任凭W的观念和行为急驶于流行的高热轨道上，一旦时机成熟，她仍旧会以信守的态度释放一切，包括红色的壁钟，甚至是男人——不论他是不是一个健康的神父。

　　早晨，她每次醒来都感觉口干舌燥。昨夜的W是一艘潜艇，现在才浮出了潜意识的海面，男人的胡根与体温都是自海水舱里排放出来的咸水，已完全消融在无限的大洋中。她等不及地抢起茶几上的杯子，喝下残余的开水，之后，才以优雅的姿势淋浴、整装、打粉底、上腮红、画眉、描眼影、涂唇膏，走过嵌满制式大门的甬道，乘电梯，痴痴注视指示灯光的动向，看灯光迅速跳经等差级数的号码，电梯朝着都市地面节节降落，接着是二十分钟的车程。

　　当W陷身在另一栋庞硕的大厦里，被电传打字机和显示器荧幕的声色所团团围困之刻，被她遗弃在套房中的床铺，确实是未曾化妆的，它四脚悬宕空中，正荒凉地飘浮在狭隘的壁间，床单上的凹痕及跌落地板的丝被，俱已渐渐冷却。

1986 年 10 月 11 日《中国时报》

妻子的脸孔

所有的谎言在开始时都是偶然的、善意的，直到最后成为婚姻步向失败的流程中必然的仪式。

其实所谓真实与虚幻之间的分野，只是一条无法准确捉摸、善变的线；所有互欺的夫妻总是不约而同地陷落在这条没有宽度的隙缝中。

许多丈夫正偷偷地把六法全书塞入枕头里，的确是硬了些——个人主义的婚姻法带给现代人什么样的恩赐？至少夫妻打架在被窝里终结的情况大为减少，对簿公堂的可能性却愈来愈大。

如果婚姻仅仅靠着"民法·亲属编"的规定来维系，背叛终于成为可被预测的事实。有午妻[1]的男人会更胖些，他常常必须吃两份正餐，每次都为了讨好对手而不惜大口

---

1 午妻：即婚外的情人，因部分上班族趁中午休息时幽会，故有此称呼。

大口地咽下；而且因为胃部总是不停地进行消化，全身的血液都汇集在下半身，以至于脑部缺氧，他又变得贪睡了。

有一天早晨，他自深沉的睡眠中醒来，窗外的市声依旧，却有一股异常的感觉。好不容易才发现，双人床上的空位失去熟悉的凹痕，墙壁上那幅 $10\text{in} \times 12\text{in}^{1}$ 的结婚留影也失踪了，家中一切记载她的模样、年龄、身份的证件和照片都伴随着女人一齐消失。他用肘撑起上身，脖子僵硬得像尾风干的咸鱼，无论怎样努力，在脑海中也拼凑不出妻子的脸孔。

1985 年 2 月《联合文学》

1　英寸（inch）：长度单位，约 2.54 厘米。

挖路工人

　　许多都市人大声地宣称自己有着身心双重的无力感时，挖路工人却是一群真正有臂力的人，他们也用饱满而充实的心情工作着——在塑料布、尼龙绳、闪亮的警示灯号以及路障的后面，他们的身形逐渐地被路面吞没了。

　　日复一日，他们挥着汗，无论晴雨寒暑，操着巨型的手术。他们握持特大号的刀剪锯钻，割除都市这庞大无机体的血栓，移植新的神经和血管。1982 的下半年，在他们的辛勤下台北的道路翻修了一万八千余次，而 T 大学正门最近也曾泥泞了数年。恼人的青春痘总在老地方反复出没……年轻的都市，正拥有一张青春期布满痂痕的脸庞。

　　挖路者不过是一群接受大脑指令的手指，不须问他们为何挖路，因为只有挖路这件工作的本身才是他们神圣的任务。现在他们正在温州街的巷口，大喝着，以武松打虎的豪情，把热情的十字镐敲进可口奶滋般脆而易碎的路面。

1984 年 9 月 12 日《新生报》

都市儿童

放学后，搭乘公车回家的小学生们，是一群蝴蝶，一群密封在罐头中的新鲜蝴蝶，单薄的翅不时会相互缠咬，或是摩擦着铁皮，发出啪啪的声响。

孩子们三五成堆地叠坐在狭隘的座椅上，脸庞上都或多或少沾着灰尘，部分来自学校的操场，剩下的是曾经悬宕都市大气中的各种固体微粒。亦杂着日晒味和汗臭，他们不自觉地融合出一种强烈的嗅觉效果，并且动用无穷尽般的精力，在有限以及颠簸的空间中互相戏弄，以尖锐的童音辩论对于某些主持人和卡通英雄的好恶——其实也谈不上辩论，只是一种根深蒂固的自我坚持。

挂在项上的钥匙沾满湿咸的汗和黑垢。贴肉的那面已经和皮肤的温度一致，于是在他们被公寓紧闭的大门挡住以前，不会察觉到钥匙的存在，仿佛钥匙是长在体外的脏器，生来具有。习惯佩带钥匙之后，一旦失落它，反而会感到不安吧，举手投足都不太像自己；因此就算家里开始有人在放学后应门，上学前也非套上钥匙不可，那一瞬间的冰凉被殷切地期待着。

他们书包的重量和年龄成正比，书本的数目以等加级数增殖。假设有几种厉害的地狱根本就设置在人间，当然也会包括所谓的考试地狱吧？我难免有着如下感触："性灵的煎熬、爱以及死亡，并非不朽的知识，而是人类整体生命无法累积的根本经验，只能依赖个别人格一再重复地试炼；唯一能够继承自祖先的仅仅是尝试错误的勇气。"

未来，孩子们的故乡必定剩下唯一的一种，那就是包围他们成长过程的都市系统。他们的故乡不再是一个"地方"——一些固定的自然景观与原始建材的组合；而是一套"系统"，一套由无数预设概念、随机变数和人工规格造型所架构的庞大精神网络。他们终将彻底游牧化，在冰冷的钢铁草原上。

大　隐

是那个喜爱说笑的曾经主张：

"大隐隐于市。"

这话在今天听来真有那么一些不合时宜的味道，且看看企图生活在现代都市里的隐士吧。姑且不论他是为逃避山上的野熊（据说它们也喝起米酒来了），还是什么劳什子的原因，总之他是住进了师大附近的一间单身宿舍。

他正打开《碧岩录》："举：僧问舒州投子山大同禅师：一切声是佛声是否？投子云：是……"这时无数的噪音便像软体的恶魔般从房间的每一条缝隙流了进来：

无数由远而近的客车驶过；

无数由近而远的耳语飘过；

无数由远而近的飞机掠过；

无数由近而远的脚步踏过；

无数由远而近的狗吠传过；

无数由近而远的叫卖经过；

无数无数、无数的噪音，在白昼时融为一股低调的声浪，徐缓地流动着，像一群裸舞的幽灵随意地打筋斗、学踢弄、舞地鬼、乔扮神、插科打诨，乱作胡为。于是晨读便在隐士烦躁地扯破书页的"撕"声中结束。

是夜，静得出奇。

"的、的、的……"水龙头滴落的声音杀着打坐中隐士的神经，一声一根地拧紧、绞断。

于是他夜夜圆睁着眼，面对浴室里的方镜，学着猫头鹰低沉地号叫。这是一种可怕的瘟疫，连超过 Serenal[1] 致死剂量也医治不了的瘟疫。

1984 年 9 月 12 日《新生报》

1　Serenal：抗焦虑药物。

朋　友

最初他向你伸出友谊的手掌，你迟疑了一会儿，也伸出手掌。

两只手掌十根手指紧紧地交缠在一道，每一根手指都预备为对方牺牲。

接着他为了另一个不可背弃的朋友而伤害了你，他以低沉的嗓音徐缓地说："我不求你原谅。"即刻爽朗地抽出一把磨得光亮照人的士林折刀，咬紧牙根切下一截小指头。

你决定原谅他。但是不幸地你终于也对不起他，于是你以低沉的嗓音徐缓地说："我不求你原谅。"即刻爽朗地抽出一把寒光熠熠的金门菜刀，咬紧牙根切下一截小指头。

接着他为了另一个不可背弃的朋友而再度伤害了你，他再度以低沉的嗓音徐缓地说："我不求你原谅。"再度爽朗地抽出一把磨得光亮照人的士林折刀……

有一天，你们各以一双没有指头的手掌在悬崖决斗。

1989 年 4 月 30 日"中央日报"

卷四

钟表虫

钢铁蝴蝶

钢铁蝴蝶是一种全新的昆虫品种。

开始的时候，设计师在电脑显示器上计算各种程式，推演一只钢铁蝴蝶的"虫体工程学"比例，一切的努力，只为让它飞起来。

让它飞起来。飞，飕飕飞在显示器高解析度的画面上，以柔和的角度、轻盈的姿势翻转、回旋，翅膀上布满各种几何结构线条。

宽阔翠绿的草原、艳红的花朵、蓝天白云，一一自荧幕中横展开来，设计师让钢铁蝴蝶在鲜丽的"自然"中翱翔，他入神的时候，整个心智都随着蝴蝶的复眼前进，晃动的山脉、倾斜的海面、倒置的森林，他的手也变成了金属翅，笔直、充满张力，感觉到扑来的气流。

第一只钢铁蝴蝶诞生了，它的诞生也意味着一千只、一万只的诞生；其实，当设计师想到它诞生的可能时，它已经成为现实的一部分；因此，其后设计师日日夜夜绞尽脑汁的努力，只不过是权充进化史里的一名奴隶而已。

你打开隔音铝窗，可以看到几只钢铁蝴蝶飘忽在楼房间，它们的速度快捷、动作灵巧，在阳光下拉出一道道蜷卷盘绕的光痕。

你感到喜悦吗？如果不，你必然是一个"碳水化合物沙文主义者"，如果你感到了喜悦，那么绝种的小昆虫们在天之灵也会得到安息。如果没有蝴蝶，就没有金属蝴蝶，蝴蝶先于设计师存在，先于金属蝴蝶存在，但是"飞"的意念更先于蝴蝶存在。

当所有的蝴蝶都飞不起来的时候，我们创造飞得起来的昆虫，不管它是碳水化合物还是金属结晶，我们创造"飞"。

1988 年 8 月 16 日《联合报》

宠物 K

它也写日记吗？在都市灰蒙蒙的天空下，随着阴晴冷暖而变化色泽的背纹就是 K 的日记吧。

在铁盆的角落，墨绿色的圆壳聚拢成堆，好像在争执什么惊世的秘藏；又如同商量好一齐抵抗桶底不知何时会卷上的旋风。谁的头忍不住伸出水面透口气，全体的恐惧皆被牵动了，个个缩着尾向假想的核心点挤去。这些待售的乌龟通常有二十三年的银圆大小，银圆上铸着双桅巨帆，它们则背负着永恒的地图。它们不像银圆拥有完全雷同的式样大小与币面价值，每只乌龟的体积有所出入，成交的数目也取决于腹部的图案和色泽。买主并不考虑智慧、操守等形上因素，一味地只管从水中拣起四肢悬空划舞的小家伙，窥探它腹部害羞的隐私。人间现有的哲学流派显然生产过剩，世界似乎仍然没有停止转坏的意思，那么乌龟们也实在没有再插足其间的必要。它们只需要成为称职的宠物。

不错，成为称职的宠物，是它们唯一的任务，也是它们得以生存人间的唯一凭借。在这种连弄臣都不再可靠的世纪，人类饥渴的性灵益加需要宠物弥补情绪上的失落。

丢下几个沉甸甸的镍质通货，没有讲价。我拎起它，并名之曰 K。

由于我习惯用相当近的距离觑视它，在 K 的眼中，我永远只是一群零碎的器官，一些被界定空间解析的拼图：巨大并且善溜动的眼球、湿润而富血色的唇、清晰的新萌胡根……我的脸被切割成一页页展读，刚开始，每翻一页，它的不安便增加一分；渐渐地，塑料桶中的 K 还是习惯了这样无趣的阅读：定时出现在圆形平面上的系列印象。

我也逐渐理解，没有颜面肌的 K 并非没有表情。

早晨，我开窗掷下饲料，K 迟缓地把头拉出略呈混浊的水面，使我充分感到悚栗的是：那般细小的瞳孔竟能完整地表露出 K 内心的怨毒。

已经好几天了，K 忍着没有吃去水面上剩下的两只孑孑，只是用鼻端触碰成 S 形游动的幼虫，然后静静看着它们焦虑地撞上桶壁。我想，K 正尝试拥有自己的宠物。

楼顶的猫

H君住南松山的时候，拥有一只纯黑的短毛缅甸猫。黑猫被 H 饲在一座大厦的楼顶，由于附近缺乏等量齐观的建筑，漂亮的黑猫等于是闭锁在半空中的牢狱。宽狭适中的方脸，大尖耳衬托下益显圆悟的双眼，从 H 君来函的描述中我可以想象到那猫有着俊挺而湿冷的鼻子，喜欢用爪子搔刮隔热瓦片以至于发出令人毛骨悚然的异响，并且为了促进皮下血液流通而服用了过量的维他命 E。后来黑猫失踪了，那是在 H 南下服役同时，"不可能走失的！"他焦急地来信，当时我并不同情 H 的境遇，"那仅仅是，一只，体重很轻的黑猫。"我冷冷地回复。

接着，我认识另一只顶楼之猫。

阿咪，雄，籍贯台北，年龄六岁三个月（约当人类四十六岁），现址为和平东路三段某建筑楼顶。叫声甜腻中带些男性的暗哑，喜欢用它一百二十度的视野扫描郁蓝色的夜空，仿佛想抓住些什么，然而都市的夜空是找不到星座的。

阿咪住在阿莉家正上方十五米的楼顶。女主人是位中年的伯母，我和阿莉走上楼顶时常常见到她在五楼的露台上晾晒着衣服；猫也蹲踞着，向下望着它的饲主。

猫蹲踞着，脸上露出一股痴迷的神情，它分明感应到我们的接近，但是依旧傲慢地维持标本般的不动姿态。像它这样血统平凡的杂种黄斑白猫，若非过度的营养使它丧失腰身，加上从容而骄傲的表情，一旦放在野猫群是不容易辨认出来的。

现在是它和女主人一天中相处得最长的一段时光，然而他们仍然没有对话，被双方珍惜的感情以有距离的沉默肇始，也以有距离的沉默结束。坚持每日只喂一餐的伯母，傍晚时总记得把整罐番茄渍沙丁鱼拌着中午的剩饭倒下陈旧的铝盆。下楼前，她提着沾满红色饭粒的容器，只是用跃动而短暂的温暖眼神望望昏暗中闪出的花猫，日复一日。

日复一日，他们的关系应该可以继续下去的。但是女主人的脚步在楼顶销声匿迹达半年之后终于在医院去世了；喧哗而令人烦潦不堪的告别式在巷子里进行，棚架上蓝白间条的帆布暂时横阻在整条巷子的中央，一个警察推推帽檐，不安地踱步；女儿们抽噎着跪成几朵白菊；那猫，仍然伫立在楼顶的边缘向下眺望纷扰的行列。

　　之后，我们接替了伯母的工作，有一搭没一搭地喂着猫，我们拿着猫食出场时总是趾高气扬地喊道："阿咪！开饭喽！"我们把"喽"的尾音拖得很长，但我们永远骗不到它的尊敬。瞳孔中它对我永无心思，连坏的也没有。

　　阿咪失踪的那天，我站在它一向活动的楼顶，昨天的食物似乎丝毫未曾动过，一个废弃的澡盆也依旧安置在铁门左侧，我的目光四下搜寻着，只见铁丝网外高高低低的楼顶平面和散乱混杂的电视天线，几只猫跃过楼房之间的夹缝，可是没有一只是阿咪。"咪，咪咪猫！"我大声吼着，它没有再出现。从此。

　　那天夜里我独自到市中心无目标地漫游。看到服饰店架上的长袖罩衫印着"爆裂都市"和"地下的主义"这样火辣、叛逆的字句，感到一阵强炫的迷惑，瞪视良久，也不理会女店员一旁娇媚的劝买，只是到了临走时才发现她业已搁浅的笑意。

　　　　　　　　　　　　　　1985 年 1 月 21 日《新生报》

　　　　　　　　　　1986 年 10 月 5 日"中央日报"国际版

猫与布猫

北欧传说：为了捆绑能毁灭世界的巨狼芬里尔，侏儒便用六种材料制造了一条不可思议的链子，猫的脚步声赫然名列六种材料之首，从此，猫走路便再也没有脚步声了。

在大都会中，要不让邻里冷眼闲话，最好不要挑选狗啊鹦鹉啊这些声带发达的宠物；猫不单失去它的脚步声，也不喜轻易吆喝喧哗，应该是一项较佳的考虑。

喜欢狗的人和喜欢猫的有着截然分明的个性，如果谁高兴的话，尽管可以进一步推敲养大狗者和养小狗者的人格差异。热衷养猫者，通常感情细腻，可能有些神经质，要不就冷峻异常；当然，如果养的是阿比西尼亚品种又另当别论。

想要拥有一只猫吧？你又面临猫与布猫间的抉择。关于有机物与无机物之分这种通俗的差别就不必提出了，猫与布猫至少有如下歧异：

必须拥有强大精神力的人才能应付一只真正的宠物猫；布猫则不必。

布猫不会带回一窝小猫。

猫的叫声不太稳定；布猫装上录音机后，随时可以准确地控制叫声的准确音量和品质。

猫不容易赶走；布猫可以轻松地抛弃。

如果家里有人怕猫，他会很欢迎你的布猫，帮你照料这只完全安静而不懂撒娇的宠物。

想出气时，布猫会愉快地期待你的快拳；猫则否。

价格问题：最昂贵的布猫光是镶入眼眶的钻石，就足够买下一整打最佳种猫。

喜欢真的还是喜欢假的，真是困难的课题。不过要记得，选择供奉布猫，可就失去用干狗皮替猫裹去跳蚤的乐趣。至于宠物的功能是否在于使平日转为假日，就非我所能唐突断言了。

日落后，你的猫会不会出现在都市的棱线上？任月光流晃在它的毛尖之间。

1984 年 12 月 14 日《新生报》

1986 年 10 月 5 日 "中央日报" 国际版

都市的猫

猫并非这个都市的主题，也不必是。从某个角度来看，它们不过是一些活动的苔藓，就像晨昏定时出现在阳台上的老人，似乎和这个社会没有什么真正的关联。它们默默地横过巷道、横过我们的面前，老练地耸着肩，有时还一边转头向人狞笑一回，然而没有人会过分地在意，不是吗？有多少人数过路上遇见了几只猫？

野猫甚至没有"穷极权"，翻拣垃圾时，常会有些教养良好的孩子踢打它们一顿，因此我们不能苛责好流浪的雌猫，是环境促使它们变得不负责任。有时我看到落单的幼猫，便轻轻地呼唤着："喵……"它圆睁着羼杂恐惧和怀疑的眼神生怯地应着，两者沿路唱答，幼猫娇弱不堪地退几步，进几步，又停顿一会。当它闪亮的圆眼珠渐渐变得充满依赖时，我的同情心也就到此为止。

"游戏已经结束了。"我向焦急地跟随的小猫说，然后大步离开。

　　妻子是独立于女人之外的一种音色；家猫则独立于家畜之外，特别是它们总和饲主站在平等地位的这一点。生活在大厦中的这些宠物，无须利用谄媚或讨好的表情和行动来混饭吃，它们只需优雅地缩紧肛门，然后将长尾绕住脖子，静静瞪大绿眼，坐在沙发间、磅秤上，或是任何视觉不及的角落，在吃饭时间准时地现身。它们不像野猫必须终身扮演搜集者和逃亡者的角色，它们只是一群超越时空的观察者，活生生地出现在人类的过去和现在。它们那种看似高贵的冷漠，正是都市精神的所在。

　　有一次演习，不知情的我走出交通管制的巷口，整条新生南路上杳无人车，一片死寂。阳光很大，路面变得异常宽敞，只有几只花猫拖着黑而短的影子懒散地横过，登时我感到一种强烈的荒凉。

1984 年 8 月 28 日《中国时报》

1986 年 10 月 5 日 "中央日报" 国际版

钟表虫

有一种昆虫叫作"钟表虫"，身长仅有一点五厘米，属于鞘翅目，在肥墩墩的黑色身躯上，浮现着褐色的竖条纹。"钟表虫"长得其貌不扬，如果说它还有什么特征的话，那就是它根本没有腿。

"钟表虫"的六只腿全部退化得只剩下细微的黑点，这是因为它自食其粪，无须移动的原因。"钟表虫"的主食是自己的排泄物，吸收自己已经消化吸收的残渣，听起来是非常荒谬的，就好比说在燃烧完毕的灰烬上试图点火一般，真是靠不住得很。可是这种虫儿非常高明，它进食的速度非常缓慢，所以它的粪便有足够的时间繁殖细菌，当它吃食十二点方向的粪便时，六点钟方向排泄出它的新粪便，而一点钟方向的粪便已经培养了不知几百万只肉眼看不见的蠕动中的细菌。

换言之，它以自己的粪便进行养分的再生产，听起来尽管不雅，却不失一分带着异味的幽默感。它以船底型的腹部作为支点，用发达的长触角向左旋转玲珑的躯体，一边吃一边排泄出半圆形的粪丸，从黎明开始一直吃到日落，它的转动跟着太阳行动，所以可以作为钟表使用。

"钟表虫"固然可以计时，但它又是一种盲目于时空的虫子，这无疑是一个极大的讽刺。当然，读到这种昆虫的资料，很难相信世界上竟有如此荒诞可笑的生命，我相信绝对不可能有"钟表虫"存在，那不过是虚构出来的故事罢了。

十之八九，任何有关"钟表虫"的记载只是纯粹的骗局，但是在人类的社会中却存在着和"钟表虫"没有两样的人物和组织。这些人物和组织在精神状态和生存现场中，和"钟表虫"的"闭锁生态系统"有着类比的关系。

在政治界，无论在朝在野，总有一些大人永远只会说同一句话的不同说法；在文化界，无论畅销或者滞销，总有一些作家永远只会出版同一本小说（或者同一首诗）的不同写法；我们眼睁睁看着那些依靠自己排泄物维生的人物继续原地打转，无视于时空环境的变迁而满足于自己闭锁的世界，同时我们也看到许多政治和文化组织实行着"钟表虫"的高明伎俩，义无反顾地停滞在原点之上，既无生产也无投入，只靠着排泄物繁殖细菌优哉地生存下去。

在笔者玻璃垫下的世界地图上，一点五厘米大小的台湾长得还真像一只"钟表虫",在这只"钟表虫"上还有无数的"钟表虫"寄生着。当然我们不要遗忘了传统中"钟表虫"灭亡的原因:一旦环境改变,粪便中长不出它们喜好的细菌时,它们就默默地停滞在最后的刻度上了。

1992 年 12 月 13 日《时报周刊》772 期

辛塔色思龙

　　最近十几二十年恐龙研究和发掘都有惊人的突破。大陆也出土了窃蛋龙、青岛龙、马门溪龙、棱背龙、鹦鹉嘴龙等等品种，成绩可观；各国研究者也提出许多新见解，对于这些自两亿多年前横行到六千五百万年前（跨越"二叠纪""三叠纪""侏罗纪"和"白垩纪"）的大爬虫，渲染上更鲜丽的色彩。譬如说，恐龙不见得是冷血动物，一部分的龙种可能是温血动物；又譬如说，恐龙也有卵胎生的品种，另一部分恐龙则是"哺乳类型化爬虫类"，有筑巢能力以及维护新生代的社群。

　　传统印象中的恐龙都长着蜥蜴脸和犀牛般的表皮，二十世纪九十年代出版的各国恐龙图鉴却出现了令人惊异的各种形象，其中之一是辛塔色思龙。这种发现于非洲大陆南部的恐龙全长只有三米左右，根据专家的研判，辛塔色思龙和它的同类们全身都覆盖着羽毛，这些幻丽的羽毛使得两亿多年前的南非洲呈现了更丰富的视觉空间。

有的古生物学家认为辛塔色思龙正是鸟类的祖先，它的名字原意就是"脚踝着于骨上"，这点恰巧和鸟类的结构有类似之处。人类逐渐将进化轨迹的虚线弥补起来，这是一桩多么令人兴奋的事，原本日本没有发现什么古生物遗迹，但是在1968年高中生铃木在双叶地层发现了海龙之后，他们总算也拥有了自己的宝藏了，那只龙和它的同种便被命名为"双叶铃木龙"。

当恐龙化石被挖掘出来之刻，都是一切破碎、丧失色彩的灰白骨骼，但是人类的想象力正赋予它们新的血肉、新的色彩、新的形貌，甚至开始探究它们的生活习性和个性。据传第一只恐龙化石是1818年由曼德尔医生发现的，至今不过是一百七十余年而已，但是人类已经图绘出几亿年前的天空、大地与海洋。

从《历险小恐龙》到《侏罗纪公园》，好莱坞近来以中生代地球为背景的电影，使得太古时代的世界结合了艺术家的想象力，几亿年的时空竟被人类的思想穿越了。

在残暴的太古世界中犹有辛塔色思龙这种披挂彩羽的小可爱奔腾在大地上，也许我们立足的当代本质才是一片昏黑暧昧，大家的想象力都已枯萎成化石了。

1993年6月27日《时报周刊》800期

九百万只老鼠

　　十六世纪荷兰的一位恶魔专家维亚发表了一项统计数字：世界总共盘踞着七百四十万五千九百三十六个恶魔。我一直深深怀疑维亚所推算出来的这个统计数字，究竟他是用什么神秘的方法，替恶魔家族做出如此"翔实"的户口普查，不但不虞重复计算或是漏失哪个善躲藏的魔种，而且精确程度竟然达到个位数字。更有趣的是，当时还有若干人士支持这项言之凿凿的理论，尽管恶魔的数量比十五世纪李斯宾那的说法少了一亿两千五百九十万零七百三十二只。

　　不过，一项现代统计资料却令我深信不疑：依据世界卫生组织的估计，台湾地区的老鼠数量是人口的四倍；以台北地区两百三十万的人口而言，大概可以分配到九百万只以上的老鼠，这个数字，已经超过维亚统计出来的恶魔总数。我相信此项资料的缘故，恐怕是因为中了实证主义的毒害，以我的肉眼所见，周遭出现的老鼠绝对维持四只以上，或许其中有一部分是和邻居"共同持分"，但是这种"所有权"保证无人甘愿主张。

都市中肥硕的沟鼠显然不能列入天然资源的考虑，既不能用来发电，还反过头来咬坏我们的电缆，更遑论用它们来做肥料了。不分昼夜，沟鼠们二十四小时纵横都市的地下网络；在未加盖的水沟里，常常可以发现沟鼠结队成群地流窜，犹如一颗颗、一颗颗黑色的心脏；我个人估计它们的时速应该超过十五千米。

在道旁偶尔可以发现一只暴毙的沟鼠，借此吾人确有不少机会可以仔细端详一番；毛色接近全黑，体长二十厘米上下，电线似的细尾约与躯干同长，换言之，从头至尾将它拉直，应该长达四十厘米左右，这样的体积是不是连野猫都有所顾忌？在实验室里，我曾不眨眼地剪下一只青蛙的头部，只因为找不到穿刺麻药针头的穴道；但是仅仅一瞥沟鼠死亡的横陈，就有一波气泡自胃底部升起。所以，我认为灭鼠是一种理直气壮的事业。

都市的地下水道系统对于沟鼠而言，实在是名副其实的"地下都市"，它们自得其乐地各拥地盘、互通有无，过着人类所不齿，甚至感到愤怒的黑暗生活。沟鼠们啃啮潮湿、腐败的垃圾，泅泳在充满各种化学物质和人体排泄物的污水中。除了坚毅的生存意志外，更惊人的是它们可怕的繁殖能力，这也是它们对抗环境以及一切侵略和伤害的最大武器。某女士的一段诗用来形容一位多产的沟鼠太太是再恰当不过了：

> 每逢下雨天
> 我就有一种感觉
> 想要交配　繁殖
> 子嗣　遍布
> 于世上　各随各的……

沟鼠太太们继续大量复制无止境的后代，并且随时期待一次真正的中毒，或是一场致命的车祸。这种生命形态真不晓得是伟大还是悲哀，不过一旦被人类盗用在商业行销上，就成为不可原谅的卑鄙。

和沟鼠比较起来，家鼠在造型上算是颇为讨喜，如果排除偏见的话，我们可以勉强发现它们也是一种有着可爱气质的小巧生物，顽皮、灵敏、神采奕奕，跳远、跳高都有一手；当年华特·迪士尼困顿的时候，想必是和这种老鼠神交才开拓出米奇老鼠的造型。

家鼠中，会像电动玩具一样，边跑边眨眼边吱吱乱叫的那种，又叫作钱鼠，闻说可以给家庭带来财运，然而这种说辞只能使钱鼠们得到部分人士的谅解，大多数装设捕鼠笼的家庭，抓到老鼠以后是不会有余情去验明正身的。

家鼠极为慧黠，依据我可靠的经验，一架捕鼠笼通常只能抓到一只家鼠，往后再怎么清洗也难有好奇的顾客上门。小时候对笼中鼠一向寄予无限的同情，总是极力请命、拖延水刑处决的时辰。看着它惊惶、无奈却又不遗余力地撞击铁笼，不忍的心情便压抑住残酷的快感，我会背着大家撒些面包屑给它，这是我所能做到的全部。死刑是孩子们争相目睹的必修课目，眼看着整个笼子没入蓝色的塑料桶，老鼠疯狂地挣扎，制造着漩涡，就像是被卷入洗衣槽一般，我们目不转睛地盯着它，直到松懈的身体不再产生任何细微的气泡，大家才感慨似的吐出一口长长的叹息。

目前，家里的鼠患尚非严重，只是常常看到一团黑线球拖着一条松脱的毛线，一溜烟滑过光洁的瓷砖，然而已经足够整间屋子迈入戒备的状态：新添购的捕鼠器，笼口的铁栅九十度架起，里头的钩子挂上香喷喷的油炸肉片；门户紧闭，以防新客入驻，铁门镂空的部分也用一百磅的红色钓鱼线缠起，总之是极尽了人事。所幸最近里干事又开始发放每块含 0.005 % "可灭鼠"的蜡米毒饵；我在市立医院的朋友也提到，充足的维生素 K_1 正准备好营救任何误食毒饵的孩童。

九百万只鼠辈，市民们厌恶的矛头将再度对准你们。这是多少世纪以来人鼠之争的另一个小小环节。

　　想到史书上记载蝗灾，不过是："岁次某某，某月某日某地，蝗。"寥寥一个蝗字，浓缩了多少农民的血泪和悲怆；中国史家简简单单的一笔，看似无情冷酷，却在十五画中道尽天地不仁的苍凉。加缪的《鼠疫》一书，写好人、坏人以及神的奴仆，一一难逃鼠疫的劫数，同样使人深省。老鼠依仰人类和都市而得到繁荣，却连瘟疫也要把无辜的人类一齐拖下水，这真是太不公平的事情，为了人间的福祉，灭鼠该是一项最无须向上帝说抱歉的杀戮。

　　有时候我不禁也陷入忧郁，人类所有黑暗的思想和性情，会不会也像数以百万计的丑恶鼠群继续潜伏在都市的底层。思想和疯狂带来的瘟疫，又比生物带来的灾难要可怕多少倍，几场导源于狭隘的意识形态和地域扩张理念的战祸，曾经成功地度过鼠疫所无法穿越的山岳和海洋，摧毁无数善良的都市以及爱。

　　九百万只老鼠，甚至九亿只老鼠，也不敌几个无耻的煽动家，他们变色的思想。

1985 年 3 月 7 日《新生报》

我的兔子们

　　兔年即将来临前，身旁几只小猫都已销声匿迹好一阵子，因为最近常常和成堆的兔子们为伍，这些洁白的、不爱喝水、喝了水就腹泻的、当兔年来临时特别有庆典气息的兔子们。

　　这些和我近日生活密切相关的兔子们，耳大尾短，上唇中裂，善走，毛可制笔，肉可食用，和一种叫作兔唇的病绝对无关。若问我周遭这些平凡的兔子究竟有多少只，当然只有我自己最清楚，不过，我自己也没有仔细统计过。事实上，我如何言之凿凿，你也无法验证、查清楚这些兔子的数目，因为一旦它们被文字陈述的时候，便全都躲进了铅字盒里。

　　如同你可以预测的，属于林燿德式的风格（按：我也不在乎，你是否有能力考证出林某人的风格是自何处移花接木而来），我将这些兔子编号。医学研究所里的每一只兔子都拥有自己的编号，我的宠物们也有，而且它们常常被要求用兔唇复诵。

我常常更换它们的代号，从 A 到 Z 的二十六个英文字母，我随时随便命名，都有一只白兔会答应。

它们被饲养在我的工作室里，有些会溜到卧室和餐桌底下，开始时我并不感到厌烦，渐渐我迫于它们的气味，必须时刻打开空调设备，更糟糕的是大便，散布在室内的大便大大削弱了它们带来的"节庆感"，如此使得我租下的这层楼完全无法铺设台丽地毯。

下班以后，先将兔子们的大便打扫干净，就觉得没有什么胃口了，还有比扫大便更为麻烦的事，那就是如何藏起这些兔子。L 很不喜欢兔子，她曾经告诉我一连串令她厌恶的宠物名单，兔子是其中之一，据说童年时候她被兔子咬过。我在后阳台搭建了一座克难式的储物室以便临时收容兔子们，以防 L 来访时有不悦的表情。有一次 L 来访，一只编号 Y 的兔子不知如何没有赶进储藏室，我看见它自 L 的腿下溜过，吓得我捏了一把冷汗，好在趁着 L 到厨房拿茶叶的时候，我一把抓起兔子，藏在我的座椅和臀部之间。L 离开后，兔子 Y 已经窒息了。我将它封存在蓝色的 PE 塑料袋中，那天收垃圾的管理员公休，Y 的尸体暂时放进冰箱底层，一个星期后，我才想起 Y 已经僵硬地蜷卷在冰箱里多日。

兔子Y睡在冰箱底层的七个晚上，我似乎没有失去Y，甚至没有意识到Y已经窒息的事实，我呼唤Y的时候，总有一只兔子会亲昵地靠上我脚侧，其实每只兔子的代号都被我也被它们自己任意改换，这一个礼拜里，兔子的数量陆续地增多，星期三的晚上，我刚刚用兔毫笔题字给远方的一个朋友："爱憎不栖于情。"踢开几只兔子，起身走出工作室，竟然发现餐厅和起居室都挤满了兔子，像是下过暴风雪后的平野。

写到这里，不得不提起我的失眠症，从什么时候开始得到失眠的绝症，已经不可追忆了，兔子们大概就是患上失眠症后才出现在我的生活里。至于它们出现的原因，我很明白，只有睡着之后才能找得到答案，但是，我连自己什么时候开始遗失了睡眠也无法追记。

今天是除夕，兔子Y在一个星期的冷冻后自冰箱中取出，我决定要带我的兔子们离开这栋五层楼房，我敞开大门，带领着它们鱼贯而下。零落的爆竹声在远方响起。

我跨上摩托车，1986年出厂的GSX-R1100，停车场上聚集着我的兔子们，Y的身躯系在后座上。这辆摩托车四合一的排气管，口径十分粗大，排气声浪极为惊人，我启动引擎，低速驶出路面，兔子们一跃一跳地跟着低沉浑厚的韵律前进，我喜欢这辆车亮度超强的双卤素大灯。车灯一路照着空荡荡的路面，加下油门，引擎即刻敏锐地反应，浪声转为尖锐高亢，我的血脉偾张，仪表盘上的指标开始顺时针快速挪动，马上达到一百五十千米时速。

这时，我的兔子们都伸展四肢，伴随着失眠的我，在空中飘浮前进，它们的眼睛个个雪亮，像镶嵌在雪球上的星星。它们飞翔，在空中擦撞着前进，在我快速移动的身躯四周运行。

我们转向一条桥前进；我们随着桥通向另一个都市，插入远处的黑暗。车身冲断了路障，在桥面不规则的断落处，我刹车。一切瞬间静止。我的飞行中的兔子们顿时消匿无迹，除了车灯，只剩下完全的黑暗。解开后座的Y，我最后拥有的一只兔子，向前方用力抛去。很久，才听到微弱的回音。

前方，是方圆数十千米的废墟，被核弹摧毁的都市陷入凹陷的谷地，只有圆周附近有一些寥落而依稀可辨的断壁残垣。

失眠的我突然想起来，这是兔年的凌晨，这是一个庆典的日子，然而我能做什么呢，只有用长满鳞片的双手为这座都市祷告吧。

1987 年 2 月 3 日《自立晚报》

1987 年 2 月 18 日《华侨日报》

臼　齿

震　撼

　　入夜后，站在大春山庄上，俯瞰盆地里的都市，犹如一盆珍宝；交错纵横的道路，是铺在盆底、枝柯扶疏的绝世珊瑚，上面洒满光彩游离的五色玻璃。人类在不自觉中创造出文明的雄伟造型，在宇宙的历史和光里留下永恒的遗迹，但是我却猛然觉醒，这样的唯美不是谁可以把握的，人与都市的关系永远站在亲与不亲的边界上。

　　某一个晚上，我步行在敦化南路的大道之上，有两座连体婴似的大厦才刚完工，象征着文明的庞然大物，如两枚暗黑色的火箭矗立夜空，没有灯火，也没有人烟。埃及的人面狮身不正是如此地坐在沙漠上么？我张口仰视，仿佛岁月已老，而身在千万年后，垂怜着古老文明的奥妙，却又震慑于它的强大。夜极静。静得连断断续续的车声也仿佛隔世，但是我骇然听到巨兽吼声，《易经》说："震来虩虩。"

台北的夜，这样庞大，旷荡无边。人们被深深埋入了；那些喜怒哀乐、生老病死，那些荣华富贵、卑鄙隐私。

1982 年 6 月《明道文艺》

幻

以都市为故乡的人，当他逐渐地成长，却又矛盾地被都市这个妖娆的妇人烙上异乡的胎记。

那无法拭去的，异乡的胎记。

在假面堆砌成的堡垒外，生命显得多么无依。

各种高大的看板继续地被卸下又吊起，包装着建筑、包围着人。

化过妆的脸，才是这座都市的真正面目。

人在都市，就像是驮载着螺壳的蜗牛，在长满了符号、象征、暗示、密码和图腾的草原上，拉开一道继继绳绳的蜗篆，和他人的行踪缠错成一幅以虚无感为笔触的抽象画面。

人是都市流动的文身。

1984 年 9 月 12 日《新生报》

光

　　在黑色无垠、缀满星球的宇宙，当你伫立在一块被时空废弃的陨石上，用全知观点探视着背对太阳的那半面地球，你将发现：在那张黑色的绒布上撒遍闪烁的银粉，或散或聚，点中了台北盆地的心脏，连出美国西海岸的韶华胜极……半个世界的都市正同时无言而谦逊地放射出触目动心的芒刺（没有光，都市便死去……）。

　　让我们会心地置身回都市的怀抱。去呼吸她的颜色和光影——站在黑暗中的天桥，找一小段没有摊贩占据的净土（稍稍靠紧栏杆，以免被汹涌人潮卷入无名姓的行列），你必将见到：那永不停歇永无止境永不休憩地通向地平线后的绚烂车阵，打着他们多彩的流动灯笼，划出两道平行而反向的七彩龙身；两旁参差的建筑架出连绵多变的霓虹灯火，规则而反复地将强烈的讯息植入人们的视网膜，幻化之图腾拨弄着他们深藏脑浆中的潜意

识，无形的绳索牵引着市民们购买、再购买——多媒体
洗着消费者的骨髓，流行则以异端带领人类迈向无止境
的纵欲。

而都市——光的世界——是否也有孤傲和沉默的光？
且听路灯齐唱：

是我们啊　在黄昏
便一路惊醒
惊醒一路
笔挺的银杆是我们高尚的制服
我们是都市不易的卫士
以僵硬标准的军姿俯瞰众生
在都市陈旧而潮湿的生涯中
执行永恒的勤务……

二十世纪三十年代，大师卓别林导演了默片中的经典
之作《城市之光》。片头上出现的大都市夜景，在当时技
术和设备的限制下，只是用灯泡嵌满布景上的高楼伟厦，
借之画饼充饥。缺乏真实感的影像，反而带给现代人类视
觉和思想上强烈的感受和启示，烘托出都市之光浮夸和虚
伪的本质。

物质的光芒是否完全掩盖住人性的光辉了？

　　光明的都市有着黑暗的天空，然而你一旦踏出都市的掌握，那些消逝了的星斗，便魔术似的显影出来。

1983 年 3 月 25 日《辅大新闻》

蔷　薇

相濡以沫，或者互相吸吮彼此割开的血管。

爱就是短暂相聚的必要，以及长相厮守的幻觉的综合意识。

吻痕如刀。爱人的唇锐利如薄锋，在对方雪白的躯体上划开一道道淋漓的伤口。

密密麻麻的伤口，暴露出鲜嫩的肌肉断层，将蔷薇的种子撒播下去，一针针缝合肌肤。

褐色的枝蔓，带着精致的刺，即刻唰唰冲破皮肉。紧紧裹缠着彼此仆伏的胴体，火一般炽烈的花苞处处点燃。

点燃。开绽。爱情是蔷薇的刑罚。

"真的吗？除了我的指纹，你的身上没有伤痕呀。"你仔细打量，一脸狐疑。

"不相信就算了。"我一开口，无数蔷薇的花瓣就自体腔里飘舞而出。

1989 年 7 月 24 日《自由时报》

圣诞树

记得在克里斯蒂的书上看到一则字谜，由十个字母组成的一个字，它的意思是无所不在的，答案是 Ubiquitous。

不单在基督教系统的地区，就连在宗教方面充分表现多元化的台北亦如是：这个字眼形容十二月以后的圣诞树是再适当也不过的。

待售的新建大楼不约而同地在一楼空旷的店面里放着大号的圣诞树，闪闪逝逝的灯火把黑暗的空间明明暗暗地左右着；我家对面容纳八十户的大厦在每一道入口都安上一棵圣诞树，不放过任何过客的视觉，那树尖上的伯利恒之星在略嫌狭窄的宇宙中熠熠发亮。

童年时，玩弄一株全新的圣诞树是我一年一度的新鲜乐事，而且只喜欢一尺高上下的，总觉得太大就像树而不像圣诞树了，装上自制的星儿和路口买来的几串霓虹灯火，可以带来比圣诞树还高的成就感。大型的圣诞树只是百货公司和西洋电影里的虚幻噱头而已，彼时我这样认为。

我一直把圣诞树当作玩具，不仅属于孩子，也属于大人，事实上也应该如此。现在每年涌现的圣诞树不论质量都能够自组一个城市，其实莎翁的《森林复活记》¹可以多拍几次，只要到每个垃圾场把报废的圣诞树收集起来，那幕移动的森林可以说要有多壮观就有多壮观。

中国人是过不下没有风景的节日的，那么就让圣诞树在我们的土地上一株、一株站立起来吧！夏天来的是台风，岁末来的是圣诞树潮，这就是都市气候啊。

我吐着气，看白烟轻轻漾开在清晨的空气中，一旁是冻坏的道路树，一旁是店面前熄火的圣诞树，像两路打盹的哨兵。有位早起的工友先生拿着散发着铜油气的抹布，正费力地擦醒一块银行门口的铜牌。

1985 年 1 月 21 日《新生报》

1　又译《麦克白》。

一棵仙人掌

　　住舟山路的日子，弟弟的宝贝里头，有一棵人高的仙人掌，还有一只水性良好的蝾螈。蝾螈拥有黑亮的表皮，上面带几行金色的虚线，还有火似的口舌；那时我刚读过布拉德伯里的一本名著，我瞒着弟弟，私下替他的蝾螈取个外号——火蜥蜴，这个名称得自《华氏451》一书中的篇名。某日，弟弟忘掉把水族箱的玻璃盖安置妥当，留下两个指幅的缝隙，一向静止着、攀附在假山上抬头做沉思状的火蜥蜴，就趁着无人注意的空当溜出透明的城池。大家费心翻找半晌，也不见踪影。后来，我通过屋后那条穿越草丛的小径，才和这可怜的家伙重逢，只见它镇定地摊开四肢，任长尾在高温的水泥地面绕出一个问号，所谓的火蜥蜴，已经丧失体腔内外所有的湿度，被太阳的毒火烤得只剩下一张皮和一副精致的骨架，这就是它盲目追求天空的结果，事情发生在晴朗而可爱的盛夏。

仙人掌一直没有逃亡的打算，它对环境根本缺乏挑剔的野心和欲念，这种愚骏使得它免于遭受和火蜥蜴同样的厄运。仙人掌直挺挺地立着，向四方八垓打出各种带刺的手势，近乎贪婪地在干燥的土壤里搜集所有的水汽，还不忘开几朵小红花点缀点缀翠绿色的肢体。弟弟的仙人掌和他的蝾螈同样渴求水分，但是仙人掌宁愿神经质地把超量的水分保持在身体之中。

搬家以后，仙人掌移植在大花盆里头，它愉快地接受新的环境，除了运送途中碰掉了几打时长的硬刺。

母亲有些惊叹地看着这棵仙人掌，她忆起当年它只是一片巴掌大的残肢，被弃置在路上好些日子，小弟拾回后随手扦插在窗下，七八年下来，主干都有手臂粗细了。

想想仙人掌确实适合在都市里栽培，不须费神浇水施肥，无虞枯萎，爽目与否则是另一回事。我便和弟弟协调一番，取下几片，分种在陶盆里，这喜悦的多肉植物即时有了好多化身。千手千眼，仙人掌与菩萨，不知谁自谁那儿得到灵感。

现在我把它的一个分身放置案头，相连的手掌沐浴在温暖的灯光中，细细的毫叶没几个星期便纷纷自嫩绿的掌眼萌生。我常常注视着它，呼吸着它的绿色，以及它流露出来的那股力量——那股安定、深沉的内在动力。

1985 年 3 月 7 日《新生报》

臼　齿

　　镶补牙齿的当下，我像只期待水鸟剔牙的河马，闭上眼，以轻松的心情撑大嘴。不过进行"根管治疗"时却完全是另一回事，即使已经局部麻醉，仍然有着上了解剖台之感，紧张的颈部诸肌，僵硬地贴向靠枕，整个思绪都被金属器具的声响占据，一忽儿闪过的酸刺感，便在黑暗的意识深处拉出一道光爆。

　　出问题的常是臼齿。就比例而言，臼齿确属望族；乳臼齿共有八颗，占全部乳齿的五分之二；成年后的永久齿中，臼齿的总数也达十二枚之多。想一想，蛀臼齿也成了理所当然的事；其实这和个人刷牙的习惯有绝对的因果关系，真正的症结在于只注重门面的清洁方式。

　　小时，爸爸带着牙疼的我去诊所。诊所在市街上一栋半旧的楼房里，很奇怪地，方才痛得打滚不止，一进入牙医的地盘就完全没事了，很想回头，口中明显的黑洞却瞒不过大人。那套设备的形制一直深烙脑中，从今日的眼光来看，式样和功能或许都落伍了，多节的引擎譬如螳螂前肢般折叠在牙医椅的上方，末端衔接着钢钻——别提打钻珐琅质时的尖锐音响，光看外形就足够令人坐立难安。椅背、把手、白瓷漱口皿、圆形的聚光灯，种种都具备古典的柔和曲线，但是当时看在眼里，就像孕妇嗅到百合一般，昏眩欲呕。爸爸抱着我坐在黑色的假皮椅垫上，还用不上高周波的钻孔器，光是轻触蛀孔就够我挣扎半响。医生姓许，"许"字以家乡话发音和"苦"字相同，再加上受苦的切肤经验，使得我视牙科诊所为畏途。最有趣的是，对于这位我童年经常拜访的医生，竟然没有丝毫的印象，大概由于潜意识对于不愉快的人物的强迫性遗忘。

　　每一颗拔下来的乳臼齿，我临行前都不忘自钢皿中央染血的纱布间拣起，在裤管上擦擦，才放入衣袋。回家后，我便拿去向楼上的小朋友们炫耀，个个看到臼齿竟然有着树根似的齿根，无不啧啧称奇，商量着种在猪肉上看看。

　　渐渐成长，找牙医的机会并未稍减，恐惧感亦同，却必须单刀赴会了。大型教学医院的牙科，齿内工程多半由实习医生担当。牙医必须风趣些，即使幽默本身不能保证什么；实习医生讲笑话的洗练程度或有未逮，态度则较为严谨，也有耐心，他会告诉你："有问题的时候举手。"

　　进行臼齿的根管治疗，我必事先要求局部麻醉，注射筒的针头插入颌间，随着拇指的缓缓推进，药剂渐渐控制住下齿槽神经，抽出针头双方都可以松口气，稍待一会，下唇周围已经完全失去感应机能。根管治疗俗称抽神经，顾名思义，就是用探针把齿神经一根一根绞出，负责些的医师会把无力地绕在短针尖端的白色细丝，调皮地在我面前晃晃，眼神带些戏谑，我猜想他口罩里定有微笑，富有成就感的那种。

　　女牙医通常年轻，喜欢坐在躺成一百零五度的病患前端，这样互相的脸部都在互相的视野中倒了过来。当头发轻触着白衣下的乳房，多少感到安慰一点；不时偷窥一下口罩外那双慧黠而专注的眼睛。整天忙着抽神经的女人，持针的拇、食二指必定极为有力，拧起人恐怕并不好受。也许，这只是我个人多余的顾虑。

　　臼齿轮着蛀蚀，认识的牙医自然不少。有段时间，如果我是A医师当天最后一个病患，就在更衣室外等他换下白制服，然后并肩走出T大医院古典而高敞的长廊，边交换着家教经验谈或是热门音乐什么的。我们也会到唱片行去翻翻原版唱片，挑选唱针和耳机；他已听够治疗室中一天下来的种种噪音，我很了解他完全不欣赏和这些噪音效果雷同的前卫艺术——"具体音乐"；下班后他要点热门的，火辣也好，抒情也好，总之要有轻快明确的节奏和旋律。

　　A医师认识他的妻子还在认识我之后，是另一位病患介绍的，我连带也沾染了他喜悦的心情。女孩甜美柔顺，不通中文，他亦不懂日语；见到他们，A 医师就用闽南语张冠李戴地说明我的身份："伊是律师！律师！……"女孩仍然恭顺地向我深深行礼。其实"律师"的闽南语和日语"辩护士"相差很远，那时我也只是法律系二年级的学生。后来他是否随娇妻回日本开业，我也不太清楚，他倒是留了几颗亲手做的瓷牙套在我口中，算是我们友谊的见证。

　　不论是金属还是瓷质，牙套装入口内，必须有相当的时间才能认可它的地位——把它视为身体的当然部分，不过，克服对于牙套的"心理排斥作用"，还是比扭转对于牙医的印象来得容易。

1984 年 12 月 13 日《新生报》

钥 匙

　　每天，我们反复地开启各种质料的门、不同容积的抽屉与箱柜，还有长短非一的车锁。

　　所有的钥匙，只要是日常生活所必需的，都集中在那个意大利制的钥匙圈上（那个钥匙圈也是我唯一有贵族气的饰物），十几只品行冗杂的钥匙串在一起，任是放在哪个口袋都会严重地臌现体积，没有一种布料可以掩盖它们耳鬓厮磨的杂声。一串钥匙就是一只矮小却显得痴肥的魔鬼，在纺织品黑暗的夹缝中擦热冰凉的手掌。

　　伙伴们不时在口袋里叨叨扰扰，暗示着它们的存在。钥匙是一种现象，金属片之内蕴含着权力与权利的象征，是文字外另一种身份的证言。每只钥匙代表我们在不同团体和时空中所处的地位，争了一世，也许只为取得另一把钥匙，校长室的、院长室的、董事长室的……

　　这些与个人贴身的金属薄片，通常有着熟悉的排列顺序，我们老练地，甚至是不自觉地就在钥匙圈上找到准确的造型；一旦变更住家、异性朋友或是工作环境，抽换了部分钥匙，被破坏的系统又需要一段时间的尝试错误才能适应。

我在柏油路旁瞥见一整串遗落的钥匙，夹陷在碎石之间。脱离主人的钥匙便成了一堆废铁；但是如果能找出个别对应的所有锁来，就不难理解这个陌生人的生命。

操纵着我们的生命，这些冰冷而微小的铜片。

1985 年 2 月《联合文学》

车

到敦化南路接下班的 L。边等边数路旁停放的车：宾士十二辆、福特三十一辆……现代的都市人不骑马了，车子还是要看血统。在返回台北的三重客运上，听到两位 F 大学女生的对话。

"你看过停放在 K 学院前的那辆跑车？"

"是啊，我也注意好久了，我最喜那种亮丽的橙色……"

"你知不知道谁是车主？"

"不瞒你说，礼拜五下午我整整在树丛后躲了一个多小时！"

……

"什么是人格，就是一个人的市场交换价格。"我追想着一位教授的告诫。

那位教授，我亲爱的恩师，橙色跑车的主人。

1984 年 9 月 12 日《新生报》

心 I

一个喜爱发愁的男孩，终于接受了善意的劝告，开始苦练书法。

"书法就是练心，练心就可以解忧。"拥有菩提心的慈祥的书法老师捋着银色的山羊胡子对平凡的男孩传授心法。

男孩怀抱教诲，每日勤练书法。

他决定先写好一个字，下意识地选择了一个"愁"字。在一百烛光的台灯下，连续书写九十九个愁。

愁绪连绵不绝，写也写不尽。

他用泪研墨，对着镜子，将第一百个"愁"字写在胸坎上，"愁"字的"心"恰好对准他胸膛里的心。

每当他看到人，就将衬衫扯开，好露出那个"愁"字，可是他总不明白。

他总不明白，为什么每一个人都只看见一个秋。

1989 年 6 月 23 日"中央日报"

心 II

我突然想要漂泊。

漂泊具有很庸俗的诗意。成为一个心灵与肉体双重的流浪者，像广告片里头手掣双枪砰砰打倒一堆人的杀手。

不，还是扮演一只鸟吧，振翅翱翔，像那只智慧的海鸥乔纳森在蓝天碧海间拔爬俯冲，岂不乐哉。

连翻了七份报纸的小广告，总算买到一对雪白的翅膀。我兴奋至极，迫不及待地开车上山，在悬崖边装上它们。

在急促的一段碎步起跑后，我拍击翅膀飞腾穿空。

我飞，继续在乱流中爬升，日晷在我的瞳孔上闪闪晃转。

然而，我心中还是无法体会漂泊的感受。

我的双翼在高空被太阳的热度熔化，直直坠落，躯体陷入谷底的沼泽里，不久就生长出须根，变成沼泽中央一株苍白的植物。

　　此刻，我突然懂得什么是真正的漂泊，因为，我的心并没有落入沼泽。

1989 年 6 月 3 日《自由时报》

语　言

踏入傍晚喧闹的市街，我们的意识同时侵入语言的海洋，浮沉在争执、广告歌词、叫卖、笑谈以及耳语之间。

候车牌附近的红砖道已被各式鞋类掩埋。待机出袭的街头推销员几乎截断任何能够规避他们脸孔的空隙，这些年轻的脸孔在熙攘的人潮里不止息地位移，用犀利的眼神扫描目标，热情地把广告纸塞入过客的怀中，甚至轻柔里带些专制意味地强挽住你的大臂，掌心有着哀求性质的潮湿。他们仅仅受过几天的短期集训，为了贩卖可能自己根本不懂的外语录音课程，推销员必须学习使用大量语言的感性陷阱，用尽浑身解数来挣取微薄的佣金。

我十分焦虑，早已不耐烦眼前这喋喋不休的女孩，为了促销，她无视对方因厌恶而凝缩的瞳仁，依旧开合着双唇。她双唇形变着，一会儿化为圆，时而排成两尾僵毙一

道的野蚕；形容词、介词、代名词以及成打的动词，滔滔
灌入我的耳室，幸好大脑皮质里接受语言的区域已经自行
封闭，声音们失去意义，不啻是些漂泊在大气中平平仄仄
的微弱音爆而已。我揉揉疲倦的眼睛，竟然出现这样的超
现实画面：她的舌红而软，蛇信般吞吐，似窃割自绝种
的多舌异兽；满街布满她的族类，此起彼落地向行人吐
着火。

我同情赚取学费的工读学生，但是却不乐意受到他
们的耽搁；因此只有干脆地买下或是无情地拒绝两种途
径——总有一方会受伤害。

某作家这般写道："语言里蕴含着什么？隐藏着什
么？剥夺了什么？在摩洛哥旅行的日子，我完全拒绝学习
阿拉伯文和柏柏尔语。这些声响特殊的呼喊充满着力量，
是我所不愿失去的。我希望声音以其完整的力量震撼我，
不被我人工以及残陷的知识所冲淡。"如果刻意试着撇开
含义，只把语言当作一种纯粹的声音，或许能够从中发掘
出未曾注意过的：语言的质地和个性。对于母语，这种尝
试极难达成，不论如何拒绝和排斥，我们总是以潜意识解
读母语的意义，理解和语言的发生趋近于同步。

庞大的都市里，是我们的意识在选择、攫取资讯？或
者，是这些音波强迫性地把它们的内涵注射入我们的意识，
正如滤过性病毒将 DNA 打进受侵略的细胞核心。

　　"大众一直误会上帝是透过语言来和人类沟通的。"我静静地沉思，在都市，这语言的海洋。

1984 年 12 月 13 日《新生报》

卷六

路牌上的都市

空间燃烧

从癌细胞得到灵感的大都会，有着明确国籍，血统却混乱。他持恒地和卫星都市们贸易无数的人口、资财、梦、垃圾与罪恶，通过一座座新旧不同的桥梁，在时间的流程中，像一只不眠的沙漏。罪恶是朵朵有毒的鲜花，落地生根以后，滋养彩瓣的根部一直延伸到盆地的地底。

不同次元的世界和世界观无拣择地被包容在都市里；就是相同坐标的垂直空间中，也因为高度带来的差异，而孕育着各种错综的事件。一楼到顶楼，拥有共同格局和位置的房间，组合了各色各式人的系统，他们进行着独立性的行为；吹奏法国号、写绝笔、相互厮磨、分配纸钞……在这管竹中，个别的密闭空间是否意会其他部分的存在，还是恬淡地满足于被截限的高度？

只要偷油偷蛋的事业顺利，大多数的市鼠不会感到都市的沉重，即使是住在数十层大厦的底楼；人类则借电视的音爆和耳机的旋律来掩盖精神的疲惫与生存空间的压力。不论工作或睡眠，上班族必须安心局促于六面体中，唯有在睡眼惺忪的时候，才偶尔发现四壁竟如举至极限的浪，轰然而崩。

那次为准备北上的蔡小姐觅屋，颇令我对赁居生活有更深层的感触。我在贴满红纸的公布栏前抄写着"吉屋招租"上的地址和电话，有人拍拍我的肩膀，原来是个强贩笑容的老妪，她指着一张启事，仰着头对我说明她的吉屋如何好处多多，于是我像只鸭子跟着她转入云和街里。走进大门才发现是处地下室，轰轰轰轰踏下铁搭架的梯面，眼前一暗，嗅觉立刻陷入整片发酵的酸味中。

厄僻的甬道两侧都用几近残破的木板隔成数间小室，房门上全安上一块透明玻璃；有人住进的房间，便在门的内侧用报纸或窗帘把玻璃遮上。老妪咧嘴说："待这的都是附近某校的学生，很好相处。"我瞥过一格窗帘半掩的玻璃，暗淡的灯下有对卧缠叠的人影在房壁上晃动。

"呀"的一声，她推开一扇空房的门，两张并合的旧单人床和两张特小号书桌填满了所有可用的空间，只留下勉强开门的余地。一个男孩侧着身擦过我，他的牛仔裤磨得已经泛白。"一个人住是大一点，如果你要，就算一个月两千五好了。"老妪操着流利、带有方言的腔调，"不然就和别人合租一千二，外加水电三百。"然后她领着我参观卫生设备，老妪跨入浴室，一个穿黑色两截式内衣的女孩懒洋洋地瞪她一眼，一手还拿着漱口杯。

都市用不同的墙逼迫、压近着渴求空间的人，他所经过的空间，都有一股无形的烈火在燃烧。摊开地图，都市和街道的名称，是否正"散发着烧焦肉体的气息"？

1985 年 2 月《明道文艺》

路牌上的都市

　　小时候干爹带我走过一条陌生的道路，到了路口，我问他："这是什么路啊？"他指着高高的路牌说："那不是写着嘛，南、京、东、路。"

　　"为什么要叫南京东路呢？"我抬头望着他稍嫌浮肿的脸，幼稚地问着。

　　"是为了纪念南京，"他不顾我的狐疑而继续说下去，"胜利后我在那教过一年书。"

　　这是我对路牌感兴趣的开始。

　　台北的路牌几乎囊括了中国的所有名城，南京、长安、北平、长沙、福州、宁波……古人立于古迹上伤逝；而我则站在路牌下怀古，架空的感伤使我体内畅流着激素，思考着它们的名字，然后努力地把历史教材上的描述、橱窗里陈列的图片和父亲童年留影中的背景编织起来，然而每一幅拼图都在中心处留下空白，空白很快地扩张，伸出触须，画面的残余部分瞬间龟裂、幻灭。

后来干爹死了，我看到报纸才晓得，我并不难过，只是打开冰箱喝下一大杯冰水。是晚，我步行到他住过三十几年的宿舍，这古旧的宿舍好似专为他存在一般，他死了，宅也废了，只有一柄鞋拔吊在上锁的门口。也许，我是他几十个干儿女中唯一回来凭吊他的；而他一生所经过的都市，也只有台北不曾出现在任何都市的任何路牌上。

我站在行人穿越道前，等待绿灯。随意地抬头，在路牌上发现另一个有着熟悉名字却对我完全陌生的都市。

1985 年 2 月《联合文学》

盆地边缘

　　一直生活在盆地的边缘，人的心灵也徘徊在都市的棱线上。

　　譬如八十年代初期的舟山路，号称为路是颇有几分夸张的味道，不仅因为它是条狭窄的单行道，更因为它的人文景观。有田畈、有牛；牛背上有洁白的鹭鸶静伫，背景是连绵的、吞吐着坟的山坡。

　　红砖道上偶尔会出现几粒羊屎，浑圆而黑，像正露丸。

　　很多次，和莉一道从公馆散步过来，回首，但见龊脆不安的霞彩，各种颜色在天际互相缠咬，轰轰地一辆疾驰的公车开过，留下一片沉滞的黑雾，我指着都市与天空的交界，那错落与转折。莉欢喜时是颗金色的太阳；怄气时便严肃下来，像木刻的飞仙有股凝艳。与她在路上争吵每有隔世之感，边走边凝视着她，傍晚，周围的景物都暗淡下去，只剩她半边的轮廓，在息止的时空中滑移。

　　深夜，整条路都沉积着全都市坠下的寂寞，路灯不常开放，只有靠近基隆路口的宿舍含蕴着贴心的光芒，家的温馨，粉笔画般镶在一格格的窗上。这条路就像是个削肩的少妇，着曳地罩衫，素面，眼中欲炽燃着足以吞噬岁月的火焰。

　　祖父去世的那个清晨，盆地未醒，接到电话以后，父亲、母亲和我沿途找车，空荡荡的路面，没车就是没车，我们继续步行在干涩的空气中。

　　早起的旭阳、宁静仲夏的舟山路面以及我们的焦躁，共同形成一幅失衡的、不调和的构图。

　　我多么疼惜那幅失衡的、不调和的构图，也因此决定取消了这篇文字中可能漫溢不止的抒情性。

1984 年 11 月 8 日《新生报》

临沂街十七号

临沂街的老家数十年来并没有什么改变，祖父、祖母二老坐镇，各地子嗣每周定期省亲。去岁祖父仙逝，旧厝因为是公家宿舍，也将于今年夏秋之际拆除改建大楼，家族间便失去了凝聚的重心。

有一年暑假我到旧厝准备功课，也陪伴祖父过完他生命中最后一个夏天。那年前庭没有再结葫芦，倒是在后庭的窗格子上找到个斑驳不堪的旧葫芦，突然想到一句"滔滔孟夏兮草木莽莽"，接下来的文辞便再也想不起来。

祖父那时说话总像打翻了一只篮子，里头滚出一些模糊而抽象的东西，一些超过半个世纪并且向上一个世纪缓缓延伸的神奇意象，带着泛黄易脆的色泽。灵光一闪，顽强的生命力又会重现在他的脸上。

过年时祖父已经离开化为黑白影像的人间，年的喜气像血一样流动在沟渠内，鞭炮从除夕到初六，彻夜不停残忍地打响，祖母简直没有合过眼，我为她的智慧与清醒同时感到骄傲与悲哀。初六的早上我立在街道上，全然一片空白。任何一种风俗一旦徒留形式，就再也不能目之为民族延续的传世之宝。在都市里，我们生命过程中任何可资利用的部分，都成为商品。灯笼、风筝，连贺卡上的祝语都是现成的，而我们的感情果然就至真无伪？

　　在临沂街十七号围墙里的日式平房，我嗅到了历史的、黑暗的潮湿，这特殊的气味，将盘绕在未来的建筑的地基里，默默诅咒着明日。我决定不再可耻地怀旧，不再对任何土地依恋……

1982 年 6 月《明道文艺》

六十巷

六十巷内有七栋四层楼房，每层又分左右两户。由于建筑的外壁没有贴上适合本地潮湿气候的瓷砖，迁入时还是崭新，不过两三年光景，咖啡色的外壁全被风雨蚀成秦冢苍古的土色，像七块冻坏的牛油竖立着。

围墙内有块纵横百步的草坪，有人用旧木料钉了两张大型的野餐桌，假日时，常常几家人聚在一起，每家出道菜，摆得满桌，边聊边吃，一直到了傍晚；不然就索性在地上架起砖头烤肉，炊烟像春秋的烽燧，在入夜时伸向天际。

附近的孩子都想到这片空地上玩耍，不过后墙上的小门上锁，墙又高，翻墙不但危险，也嫌明目张胆了些，于是他们就在墙上凿开大小的洞穴，用的是最原始的工具——石头。在高及人腰的茅草掩护下，钻入钻出，这些动作的本身，对他们而言就是最佳的游戏。洞是填不胜填的，反正孩子的精力无穷，他们宁愿半夜起床，在黑暗中挖掘，也不愿屈服在一面铺好的、无缝的墙下。

十六号的魏家培植了整列的桑。因为风行养蚕，那些孩子很快就把脑筋动到桑树上。他们盗采桑叶时，一方面心虚，另一方面也缺乏爱护之心，急忙中，随便就整枝地扯下，主干上坚韧的树皮往往连在断枝上一齐撕去，现出白色的木身，曝晒下极易枯萎。矮胖的魏君常挥舞着扫把，追逐着作鸟兽散的孩子们，不一会儿，满手桑枝的小鬼们已纷纷消失在墙角，只剩下魏君一个人，气嘟嘟地愣在空旷的草坪上。

后来魏家也许感到这类徒劳无功的追逐不具任何实效，他们便改弦易辙，在每株桑树干上都挂起"农药剧毒"的牌子，还插了块画上黑色骷髅的警示标志。西洋镜很快被拆穿了，调皮的小家伙们行事愈发大胆，故意打落一地桑叶不说，还留几个鬼脸给冲出家门的苦主，才一哄而散。魏君最后索性砍去所有的桑树。

有个春天，全家动员，开辟了十几坪[1]地种植番薯。这种田园趣味的兴头很快就消退了，番薯的枝叶随处蔓生，结果吃炒番薯叶的机会远比烤番薯大，毕竟拔叶子似乎比挖番薯省事多了。

也种过丝瓜，魏君特地到基隆路的竹材行购买整捆竹竿，下班回来，头件事就是搭棚架。缚绑时，麻绳一道道

1　坪：面积单位，约 3.3 平方米。

陷入指肉和掌心，摊开双手，上面都是热乎乎的线条。人说空心菜最贱，其实指的是生命力最强。从爆满的垃圾桶上无意间跌落土壤，那半截残杆，没几天就繁衍遍地，翠而脆，踩在脚底只听到一阵哗哗波波的声响。

台风应时而至，竹棚三两下就圮倒在地；番薯叶依旧处变不惊，不停息地在雨后的清新空气中扩张版图……渐渐谁也懒得搭理这些枯枯荣荣的蔬菜（都市人对园艺与泥土的兴趣，极大部分都接近"叶公好龙"式的虚矫吧）。

在建材严重渗水下，魏公馆室内的墙壁，水泥漆一圈圈地起泡、剥落。客厅的墙面受祸尤烈，层层上漆、层层渍损，最后还是任由它展现着新潮的画面，谁也没有力气再管，只有反过来适应，习惯这种残缺的美。渍迹每天七零八落地开口笑着，似中生代三叠纪的化石花，朵朵开在崩现的岩层上，泛黑而且附带着白色丝状的霉菌。

巷口的正对面，是家杂货铺，名副其实的家族企业。他们进过一批陶制花盆，盆子做成种种动物和男女的形状，销售情况相当沉滞，小店便在门前架起几格角钢，把各种人形、兽形的陶盆分门别类地罗列其上，常年堆积着灰尘。中年的老板娘，有几个姐妹确实在神气上颇为雷同，她们喜欢定定地排坐门口，像陶盆上的大象与河马。

"住一楼真好"

搬过几次家，住所的形式包括：日本殖民统治时代遗留下来的木屋以及各种西式建筑，但是没有例外都住在一楼，如此机遇，以至于引发我如下的、阿Q式的论述。

新起的巨楼伟厦总在节节拔高（虽然这种优势不见得能够维持多久；即使是有机体，在肉体负荷的极限下仍可一再刷新运动竞技的纪录，矧论无机物的堆砌了），相对地，一楼户数所占的比例也日益减少。在找到一座多方面能够满足个人要求的纯住宅大厦时，却不见得能抢先购得梦寐以求的一楼。

在举目是水泥、瓷砖以及塑料的世界里，漫长的楼梯、不令人信任的电梯，像血管般蔓延城市的躯体，社区生活再值得抱怨，住在一楼仍有"不中的大幸"这一类腐败的感慨。

楼上的住家极像是剥了壳的核桃，因为他们没有墙——我说的是把院子围起来的墙。

墙是权益明确的分界，也是家庭为了维护安全所构筑的工事，事实上墙在心理上的意义远超过防卫的功能，那是一种生活空间的疆界。

墙给了住宅内外之别；院子则是家庭这个小世界和社会这个大世界缓冲的领域，如同唇与肤无法界定的交界。没墙没院没狗的七八九十楼，只是堆放塑料玩偶的货栈。

温州街新寓缩水的院子，一律铺上灰色的石板，我费力地挖开石板，看到的是灰色愈深的水泥。仅有的花台在大门的两侧，约莫二十厘米宽、半身高、上接一米左右的黑漆铁栅栏。然而我们还是有三两坪畸零地、有栏杆墙、有削瘦的花台。

那天早晨，二楼的陈夫人走过，同浇着水的母亲说：

"住一楼真好！"

1984 年 9 月 12 日《新生报》

通　车

　　下午四点过后，道经辛亥路的公车常常严重地歪斜一侧，这是因为超载以及偏好站在车门旁的乘客们造成的右倾并发症。眼见右侧的两个轮胎就要爆裂了，而公车依旧喷吐黑雾、颤巍巍地在柏油路上滑行，站牌边大力挥手的候车者显然受到注意了，车身猛然刹住（在离站牌十米处），让人担心里头绿黄蓝白各色学生是否一股脑儿被倒出了门窗。

　　上大学后，对于两个都市的某些部分都异常熟识起来，当然新庄尚不配与台北并称"双城"，不过倒有几分像周边设备和电脑主机的从属关联。闭上眼睛，单凭嗅觉就可以了解目前车子的所在，染厂、酱油厂、肥皂厂……罗列在中正路的两侧，浮现脑海中的地图是用气味决定的。药皂氛围所及，那是属于浴室瓷砖的白；被染厂硗薄的酸气霸占的路段恒以涅黑为其象征；要用色彩来厘清中正路上的十数种味道，必须对色彩有相当的敏感，否则就有色穷之慨了。除了交通，新庄在嗅觉上的表现的确突出。

尖峰时段，都市就像镂刻着精密回路的硅晶片被滴上胶水，所有的逻辑全走不通。新庄的堵车虽非专利，在众多的都市中却是首屈一指，辅大的期中考试甚至为此顺延过。早晨，满满一车的学生在闷湿的铁盒中焦虑地维持他们动弹不得的姿势，忧心忡忡怕迟到、怕点名，然而车窗外的景物总是"停格"；黄昏以后，一辆喧哗不已的客运车上，鲜红色的小蜘蛛在司机闲置的臂和方向盘间拉出一道银线。

在柏油路面构成的网中，距离和时间成正比的数学式思考绝对是不切实际的，事实上都市所包容的一切事物皆非想当然耳，用最快的速度到达目的地，这种路线的抉择是桩有趣的游戏。在两定点间的任何路线，都因为时间和事件的变动而改换价值。

在军队文艺活动中心前换搭客运，队伍常常从中华路排到贵阳街，冗长的蛇阵不安地晃动腰身。由于车子一到，原本的阵容立即溃散成一堆蹿向黑洞的陨石，所以无论排在任何位置，能否占据一个座位的确全凭真本事和好机运，只要车子停在你的面前，而且你的速度又够快的话……

候车处如果在天桥的左侧，等车时无意仰望，天桥上下的女孩她们短裙内的颜色便含蓄地隐现，没有幻想，只是更带来几分烦躁，等待最是摧折人心。旅途中的漫漫，带给我平静和温柔；不论你坐在右边或是站在左边，从车子过桥的声音，可以听出桥面是一段段拼接而成。一条假想线横过桥面，行政区域被抽象地划分开来，我们不觉地就进入台北市。

谁喜爱坐在第一个座位上，也就是司机旁那单独的坐标，都可以暗暗幻想自己是出巡的帝王，盘算和审视着桥与都市；打开车窗，令你感到有雄风迎面；合下眼睑，许多记忆，在平和的脑海平面上如岩石般座座浮现，每一座岩石的表面都布满"生物干扰"的遗迹，无数你爱过与悲过的生命曾经在此游移、挣扎和睡眠。

1984 年 12 月《明道文艺》

工　地

　　大窟窿里，成吨的土石被轰轰震动的怪手耐心地掏空，地图上原来不存在的巨大建筑将要矗立起来。即将成为地下室的空间，架起粗拙的钢条，站在与地平面等高的横梁上，距离潮湿的底部约五六米，很佩服建筑师和工头能安然自若地穿梭其上，指挥着下头浑身泥水的工人。

　　我对工地有一种莫名的好奇，这种好奇是超越了喜爱与厌恶，一种介于非理性与理性间的关心。有一阵子，我背着相机就如同奥斯卡带着他的锡鼓般，没有事就跑到工地去，在烈阳下拍摄铁球槌毁旧楼壁的刹那，在微雨里捕捉夜间砂石与砖的宁谧。鹰架是极佳的素材，俯仰以及任何角度都可以找到好的构图，不过镜头所吸收的世界毕竟异于肉眼，冲洗出来的负片，二次元的平面上失去了线条的尖锐与真实，不过很容易发现：因为巧妙取角与特殊镜头运用而造成的夸张效果与失衡感。

夜深，进入未完工的大厦雏形里。踏在凹凸不平的阶梯上，一手扶着粗糙的墙，一手松散地垂悬，缓缓地在没有任何视野的黝暗中移动着高度和坐标，外头如隔世般传来的车声断续，刺激很浅，寂寞却深。

到达尚未设防的楼顶，眼睛对于月与都市的光芒，起初并不习惯。钢筋、废料和工人留下的泛黄汗衫四处散置，华丽大厦诞生前的情景，竟是如此接近废墟；其实人生的至欢与至悲，看来也是相仿的，高潮中饱欲的面容和哭泣的脸孔又有什么不同？

1985 年 2 月《联合文学》

夜　市

　　气闷的话，就到夜市走走，用我们晚饭后稍稍恢复的
体力。

　　夜市的版图，总是随着气温和晴雨而胀缩，台风过境
的寒夜，分布在大都会中的它们，甚至完全销声匿迹。有
时候我根本以为夜市是一种和现实世界重叠在一起的异次
元世界，入夜后便浮现在都市的街道上。

　　在夜市，众人摩擦着肩，狼顾着，沉醉在莫名的律动
中。就如同溪流向低处滚涌的物理性质，我们来到这里，
便尽可能地将自己埋入人的漩涡，埋进夜市这口沸腾的井。
抛开了白天的身份、头衔和矜持，在此只有买卖双方，别
无其他角色；英挺的警察是例外，他们既非买者，亦非卖
者，当他们出现，紧张的气氛立刻沿道传下，吉普赛式的
流动摊贩便成为株株敏感的含羞草，纷纷收拢，眼看他们
三下两下收拾起货品，折打出厚实的包袱，才优哉地蹲踞

一旁，露显无辜的神情，吊着眼，仰视经过的制服。

　　人潮让开了一块梭形的小地，常常是阴森森地点盏孤苦的小油灯，火焰青青地摇啊摇，一个猴子般的老婆婆，焦黄的手指无力地拨弄三弦，干瘪的双唇念念有词，在嗡嗡的闹声中根本听不到任何内容，但是如被揉皱的稿纸般的脸，静谧而臣服命运的神色，以及一边歪倒在地的小孩，这种千篇一律的安排，已经告诉每一个过客所有的内容。我已习惯路过这种凄凉的故事，根本不屑付出任何心意，尤其吝于微薄的捐献；我不再低头闪过现场，有如这种恶行即将接受诅咒一般。

　　电动玩具才沉寂下去，投机性质的摸彩游戏又风行开来，这不能说不受到某些电视节目的影响，而且因为更直接、更原始刺激，夜市中的局、阵自然有人趋之若鹜，人类天性拥有的一份冒险和好奇，在不当的诱导下，极易步上魔鬼的陷阱呢。看吧，嚼烟嘴的男子正收点着钞票，整把塞入污黑的围裙里，他的鹰钩鼻渗着闪闪的油珠，群众围观着，他满意地环视一圈，才用充满悬疑性的手势按下电动轮盘的红钮，叮叮叮叮的声音衰弱地被吸入夜市的交响里。

　　蛇店的门庭不曾落寂，闲杂人等一应俱全。玻璃箱中的眼镜蛇，不停地对玻璃外的许多眼睛感到愤怒，剑拔弩张，一只只鼓起颈，昂首将毒囊中的汁液重复地放射，层层透明的分泌物沿着玻璃矗立的平面缓缓垂落。想蛇这种生物，可能在白垩纪时就爬满地球了，第一个现代人还不晓得在哪里，如今是人类当家，地球的原住民们都成了刀俎下的玩物，连它们的愤怒和抗议，在人类眼中也只是一些傻气的表演。

剖杀后的蛇，已被沥血取胆，像皮带般吊在钢架上，风吹来便晃荡着僵直的躯干；有一只龟壳花神经未死，犹自扭缠着尾，每一动都似哭着冤，拂打过客的发际，然而它毕竟渐渐松懈下去，终于也认同了其他伙伴，悠闲地在风中摆荡。剖蛇的现场，屠夫爱卖弄一番人蛇的亲昵，把蛇像情妇般绕在臂上，狎戏后，才用燕尾夹固定它的头，流利地操刀……旁边还有一桶迟钝而无奈的鳖，静候人类进行血腥的处刑游戏。这一再勾起我对日本"731部队"在东北活剥人体的印象，抗日战争期间许多人在医学实验的美名下被当作蛇鼠牺牲掉。

服饰是夜市的主流，店面前的拍卖台上堆满廉价的过时品；摊贩则就地铺下帆布，各种花色的成衣紊乱地缠咬在一起。声嘶力竭的狂吼是他们惯用，也几乎是唯一的宣传手段，小贩们竞相利用麦克风的音量和马椅的高度，挥舞着样品，企图以制空权压倒同业的声势。如果你想买些什么的话，"帕金森琐事定律"的内容是贴切的，那就是说：花在时程内任何一项购买的时间，将和你所购得的物品量成反比。在众多的货色间，犹豫的结果可能是什么都不买。

盗版书、翻制音乐、天知地知的肝病秘方、鱿鱼羹上没有洗过的香菜……无歧视而多歧义地包容在夜市的怀里。想想没有摊贩小吃、没有喧扰的夜晚是多么寂寞；在高雅的饭店里根本排斥短裤、拖鞋这样随缘的打扮，而夜市可以。

容许夜市存在的社会是庶人的、民主的，饱含散文精神。

1984 年 11 月 8 日《新生报》

年

　　我总是不太能记忆那些童年的琐事。与其说现在的事务总是困扰着我，不如说我只是单纯地活在现在里头，单纯地面对今天，面对这一秒和即将成为这一秒的下一秒，保持着一种近乎无嗔无喜的态度，脱离物议以及无聊的人事纠葛，专心于思索和生活。

　　所以"年"的观念对我而言是不太重要的，顶多是可以赖稿债的轻松，因为那些令人崇敬的催稿者总算暂时放下他们的担子了。如果说我对"年"的观念是一片空芜，可也不见得，但是因为别人的"年"才刺激我想到自己到底有没有因为"过年"而获得或者失去什么，却是实话实说。

　　我可是因为别人过年才得到"年"的好处，小时候如此，大了以后也如此。而且也不全是好处，在我片段零星的记忆里，拿红包是一件首先记忆而且被视为理所当然的事，因为我的父母和庞大的亲族都不是吝啬小气之流，所以当我听别人说父母把红包的钱讨回或者搜刮小孩红包袋里的钞票时，不但为那人感到惋惜，也对那种父母感到可悲，压岁钱是"做小孩"的年终奖金，不论做得多么差，总有被打被骂当受气包的苦劳。我从小领压岁钱可有这般理直气壮，而且不容有亲族忽略了这般事实；刻意地站在健忘者面前，这使我从小培养了耐心。

此外是鞭炮，很过瘾很过瘾的鞭炮声，好像要把世界摧毁一般的连绵震动，街道和屋宇都因而倾斜起来，沍寒的天色被一再崩解。那些烟雾是空气中释放出来的，被狂暴嘶吼的爆竹从透明中拉扯出来的不透明，把空气不欲人知的潜意识都赶出分子结构的锁扣外。

把背袋中塞满最昂贵的冲天炮，和不知名也不必知名的野孩子战斗，这种经验使我了解除了脑袋之外，要战胜别人最重要的是武器的精良度和数量。

然后是赌，我发现久赌必输的原因只有两个，一个是大人轮流霸住庄家的地位，一个是年纪小胆子不够。这两个原因汇总起来合成一个原因，那就是不能疼惜压岁钱，疼惜压岁钱的做法只有一种，那就是不要赌；要赌就要孤注一掷，然后忘掉结果。

努力地思索，好像"年"也教育我不少东西，只不过它仍然不足以令我为之倾狂。记得张爱玲写过她自己在某一个大年初一没能早起听爆竹，大哭一场，以后年年都哭下去了。真是神经质！我非常庆幸自己不是那种人，事实上也真的不是。

1993 年 1 月 30 日《自由时报》

自动贩卖机

自动贩卖机

　　在压力团体多次争论、请愿、陈情、关说之后，一度大量涌现台北街头的自动贩卖机们，还是在 1984 年岁末安静地自骑楼撤退入店面的界线里。这些象征着简速文化的现代碑石们暂时性地退却，大家都不禁感慨良多，有人因为美式文化侵略的挫折而击掌大乐，有人却以为此举无疑是在开现代化的倒车而唏嘘不已。不过，自动贩卖机族群透过厂商和议员的声口而道出的"新文化宣言"，确实已经深深震荡我们麻木的心智：自动化系统不仅占据工厂，逐渐腐蚀白领阶层在办公室的地位，更进一步切入都市生活中看似家常肤浅，实则异常深刻的层面。

　　在夏天，我们会在湿闷的街头购买个涡旋状的冰激凌吧，随着融化的迅速而把所有的专注放在不停舔动的舌尖。为了短暂的清凉，我们凝视着年轻的小姐，看她粗率地用右手扳下操纵杆，乳白色或者褐色的冰激凌便自机器中注出，软绵绵地盘绕在被左手熟练回动的倒锥形筒座上，一座冰冷、甜腻的螺塔瞬即出现。在整个操作的过程中，我们得以理直气壮地把女孩额上的汗珠，还有项链所穿越的粉颈仔细端详一番，才把十元硬币放在她腾挪出来的掌心，并且接过头重脚轻的冰激凌，运气好的话，还可以赚上一个职业性的微笑。在心中默默为冰激凌小姐打个分数，也是漫步街头时的一大享受。自动贩卖机的出现，斩断了我们对于贩卖者人格的兴趣和幻想，它们仅仅是一具具干脆、有效率而缺乏体温的机器，如果在自动贩卖机金属或者塑钢的外壳内凭依着什么灵魂的话，也必然是蜥蜴式的灵魂，绝非哺乳类。

　　自动贩卖机谨守礼节，不会失态，因为它们没有表情，更不在意消费者的表情。吞下硬币适当的重量，盛在蜡纸杯里的饮料便准时出现在它腹部的凹槽，这是一种冷漠的，不容易故障和失误的忠实，总是把握住九分满的准头。在清冷的午夜街头，我沉默地投下十元硬币，聆听硬币的滑落以及机器的运作声音，整个生命也隐遁到难忍的虚无里。这就是所谓"文明"？

　　和那些悲凉而颇具废帝气质的出土碑石比较起来，自动贩卖机一样有其划时代的历史地位；前者使我们进一步理解文明的前身，后者则显示文明的趋势。在幽静的午夜街道，自动贩卖机加入路灯的执勤阵容，精神抖擞地展现喧闹的色彩和充满自信的文字标示，都市之夜，似乎因为它们的驻扎而更加丰富起来。

永远保持着投币口上，那一圈金属的沁凉；在冬日，并且因为消费者温暖的手指而浮泛一层薄命而均匀精巧的雾气。它们又像是一种灿烂的人工合成植物，寄生在无数的水泥岩洞中，随时随刻，期待着：对它们而言都是上帝的陌生人口。它们到底是都市的景，还是都市的人物？它们的确是都市生活中的静态场景，适合进入精致的晚明小品；但是它们人格化的本质，又符合以人物素描为主流的英国散文对象。

在一个美好的早晨，你站在面临六线大道的玻璃帷幕大厦中，拉开厚重的紫色毛料窗帘，发现庞大的人潮正通过斑马线，大家都赶着上班，你忽然想起哪里读过的一则极短篇：一个懂得知心术的女孩在大厦里望着下头熙熙攘攘的群众，竟然没有读出任何资料，她只好据实告诉身旁的老板：“只因为大家都没有在思考。”

在另一个美好的早晨，你同样站在面临六线大道的玻璃帷幕大厦中，拉开厚重的紫色毛料窗帘，也许，也许你会发现庞大的自动贩卖机群正通过斑马线……

1985 年 6 月 20 日《自立晚报》

保　险

　　所谓先进国家中，自动贩卖机何止提供人们车票、邮纸、烟卷、汽水、鲍鱼罐头以及避孕器材，甚至侵夺了保险业务员的地盘。来回车票式的厚纸卷，在一阵咔嚓咔嚓的机关运作后，瞬间自输出口滑下，那阵短暂的声音干扰，正足以勾起投保人不祥的联想，譬如古典名著《魔鬼辞典》对于"保险"一词所下的有趣注脚，短命者往往能以最低的保费换取最大利益。纸卷的上联是要保申请书，下联是执据；撕下填妥的申请书，送下输入口，保险契约便告成立，法律上一切生效要件已完备；此时，握着"简易交通伤害保险"存根的旅客所能做到的，只剩下期盼，然而该期盼些什么呢？这是令人不禁迷惘起来的严重课题。

　　"生活在现代都市化世界里，不曾投保的家伙，简直就是原始人的活动标本。"我那个保险业务员朋友如是谴责，当然，事关他的生意。

"无危险即无保险"，就个人而言，所有财产以及身体的损害都是偶发的不确定事件，但是在"大数法则"的推算下，任何特定区域中种种生命和产物的危险发生率都可以用精确的统计方法预估。这种预估是典型的现代谶语，每一个人都成了一场概率游戏中的棋子。不过平心而论，保险制度的建立大致说来使得我们的人生安稳些，虽然在投保火险以后，自宅真的惨遭回禄，自己恐怕也不免被列入纵火嫌疑犯的清单上。

世人每每陷入广告文案所设的巧妙陷阱，在数据和标语的迷惑下，根本忽略保单背面那一连串非用高倍放大镜才能阅读的文字，什么基本条款、附加条款、保证条款、追加条款密密麻麻写了一片。举例而言，千万不要以为保了"全险"，心爱的新车就可以高枕无忧，台湾很难有家保险公司会为你的车补上遗落的轮胎，当然，在你发作以前，执事人员会慢条斯理地拿出一份放大的契约内容，或是一纸保险同业某某协议书请你过目。

不同于财产保险，人身保险多少有几分赌命性质。十八世纪中叶，英国公平保险社首先采用"死亡统计表"，依照被保险人的年龄、健康状况等资料来决定保费率，近代寿险制度始告确立。有了寿险制度以后，没有恒产的人也可以在多重投保的情况下变成身价千万的重要人物，人生的黄金时代里，自己或许不太可能享受到这些意外之财，不过那些虎视眈眈的保险受益人和继承人，却可能正憧憬着美好的未来。摊开报纸，视觉中偶尔会迸跳出一则保险诈财、谋命的新闻。因为保险业的出现，提醒了世人这世间绝无保险的事物。我想，从某些角度考虑，保险，或是现代文明必要之恶吧。

1985 年 6 月 20 日《自立晚报》

分期付款

除了保险，分期付款是人类经济生活史中最伟大的发明。

只要定期付出一点微不足道的金钱，就可以拥有自己无力一次买断的高价商品，这对于中产以下的家庭真是无上可爱的制度。小如录音带、百科全书、家电用品，大至汽车、公寓，能够拥有这些，全托分期付款之赐呢。

妻子、儿女都有个别的、卑微的欲望，一半属于个人的偏好，另一半来自和邻人、朋友的比较心态，这些欲望，统统要借助分期付款的方式来满足。

可悲的是，通常在尾款付清以前，物品早已报废或者舍弃，一家之主一面吆喝着工人搬进新的冰箱，一面还要忙着到银行提钱以便偿付上一个冰箱的到期款项。

分期付款、银行贷款的按月摊还、继续性支出（如报费、保费、税捐……），年轻的一家之主渐渐感到喘息不过，薪水袋被各项预定支出严重地侵蚀。肩负着数百块增殖中的碎石，和拖拉一座巨岩又有什么细腻的分别。

最后，大家终于会充分体认到，分期付款所支出去的根本是自己太有限的人生。

1985 年 6 月 2 日《自立晚报》

生物时钟

　　六点，我们的吴老先生准时拄杖走下庭园；三十分钟后芮先生开始在他分期付款未清的小阳台上抬腿转腰。当一个戴红眼镜框的初中男孩匆匆经过巷子里第五根电灯杆的时候，总是七点十分上下了。八点半，巷口米店准时地拉开铁门……

　　我一向不戴表的。学校有上下课的号角或铃声报时；公司有钟；家教中，东家端出点心就可知晓还剩下一半的时间；在回家的途中，只消看看途中的情景；基隆路上海产棚里顾客的数量如同表中的指针，随着空桌比例的减少，就可以意会到时针的位置，二成满在晚上七点过后，八成满必是十点出头。

　　人被习惯和工作所驱使、束缚，个别的生物时钟便组成区域性的人文景观，整个区域在时间的递嬗中不断规律地发射出有机的讯息，只要长期地生活，不需如何深刻的观察，就可以体会出这个庞大的生物时钟。有时候某间店铺不再开张了、某个摊贩不再出现了，开始，我们感到微微地诧异，甚至有一丝失落的情绪掠过，但是几天后我们很快地不在意了、淡忘了，好似他们根本不曾存在一般；新的人、事、物总是及时填补了空白。

在阿莉家，每天晚饭过后，附近就有人狂喊："爆破时空！"一声接着一声，我们从楼上的窗口探出脑袋，却无法发现声音的出处，竭力的男声似远似近，底下的和平东路正塞满缓缓移动的车顶以及车中所有疲惫、沉重的心情。

1985 年 2 月《联合文学》

无声暴力

任何些微的灾难都足以颠覆城市生活的时间表，往往也会改变你的嗅觉惯性。

"63 水灾"的次日，和平东路上尽是霉腐味道。一家显然规模不小的香烛铺将一沓沓潮湿的各色纸钱山脉般沿道弃置在红砖上，这样的垃圾颇有几分应景，并且附带见证的气息，走过的人边替老店惋惜着，边惊喜地想：真的是雨过天青了。

相对于噪音这种多声道的前卫美学，平日触目所及的垃圾不愧是一种无声的暴力，一重重地在大街小巷设下明暗埋伏：成堆废弃的电影看板，留着有半个鬼脸的那片在外侧，瞪着站牌前候车的你；陈年的白花挽圈斜倚在刻满三字经的墙上；住宅区的畸零公地上堆满全套的沙发尸身，其间还露出半截新鲜的死狗；另外有袋业已功德圆满的卫生棉，透明的包袋，兀自在路灯银色的杆基上含着羞。在都市的无数角落，暴力的餐桌上常常更换点心的菜色，随时伺机向无反抗余力的目击者施暴。然而我对于这种"高度伦理性的道德课题"又有什么置喙的资格？我不但不慎独，就是走在武昌街上，也尝装着不注意的样子，故意把甜筒壳摔在骑楼里。

下午三点左右，整栋楼的垃圾袋就被管理员集中在我房间侧面的甬道口，环保局的装甲部队脱班一天，就臭上整个昼夜。我拉开窗帘经常看到一包包饱实的垃圾袋堆出了橙色的桶口，像破茧的蛾群，狰狞地振翅蠕动。大厦才刚满周岁，几个积放垃圾的甬道，都弥漫着有如立陶宛邮票背胶般的异味，刷洗不去。某些艺术工作者开始只爱把作品处理得像垃圾，继而他们索性以垃圾为题材，甚至直接以其为素材了。不过这些杰作在我偏执的眼中，视同无酵面包，既无胃口，且不令人有任何轻松之感。

违建是垃圾的同质异态。一座崭新的大厦在顶楼住户入住后鲜有不变得面目全非的，钢筋架上，水泥灌下，很快大楼就多了一层；莫说楼顶了，就连建蔽率的规定也在放宽标准下行同具文；于是顶楼住户便更加积极地从事他们的堆积木游戏。邻居某君，前梅花大厦自治会委员，最近才因抗议顶楼私盖违建不果，愤而联同数名委员辞职，他告诉我："合法违建这四个字是多么地矛盾。"

早晨走出庭院，发现一纸里干事张贴的《T市维护环境整洁实施要点》飘落在巷道的中央，我冲回家拿出卷尺，测量着它与墙基的距离是否在两米的法定范围内。不论是风还是哪个冒失鬼，开罚单的人从不问谁下的毒手，这种沉默而不由分说的告发，算不算另一种无声的暴力？

1985 年 2 月《明道文艺》

一串充满哀伤的行列

都市里堵车的情况大概只有三种可能：

（甲）适逢下班的尖峰时段

（乙）在车祸现场

（丙）遇到出殡的队伍

我正坐在 3 路车厢里，旁边的男士已经踩熄了两支烟头，那串充满哀伤的行列恐怕还有一半没有通过路口，我起身，并且终于决定下车步行。

一个摄影师正占据交警在安全岛上的岗位，偏着身体把摄影机对准缓进中的一辆卡车，上面站着十几个乐手，漫不经心地吹打着；牵引电线的摄影助手却望向后头几辆车上的职业孝子和制服陈旧的仪仗队伍。

这串行列够长，够响亮，够满足家属们有关宗教、礼俗以及颜面上种种的诉求；然而，为了一位死者未可知的永生，都市的交通却必须暂时死亡。

只差没有请出那些怀抱西塔琴有如怀抱一只僵死鳄鱼的印度艺人，这行列里头古今中外的阵式都齐全了，像一串无章法的音符。我想到自己在笔记簿中潦草写下的一句话：如果你的风格无法统一，就让不统一成为你的风格。也许有人会以为这串队伍根本充满了滑稽的气质，完全丧失丧礼所应有的庄严和哀伤；但是不要忘了，滑稽的出现就是一种最大的悲哀，因此我仍然坚持称之为"一串充满哀伤的队伍"。

我走过拥塞的路口，混杂的乐声搅乱了心情，想起外祖父的死。那时我站在太平间口，看到一群人围着有安详睡姿的死者，有些亲戚不仅陌生，而且素未谋面，透过死亡无意的安排，我们终于聚合，在凝重的空气里互相介绍、寒暄……我感到强烈的恐怖，恐怖人世无常，恐怖自己对这一切的无力。

我们怀念一个人，倒不是在怀念他的死亡，而是怀念他为我们所做的事情；或者，我们生命中存在着他的时光。我怀念外祖父，却逃避了出殡的行列，穿着孝服使我感到难堪和不知所措，虽然任何人穿着这种服饰都会变成一个模样，一个中空的全音符。

我已脱离喧闹的包围。回头，一串充满哀伤的行列已经完全被连绵的建筑吞没。

1985 年 3 月 7 日《新生报》

十三个排队提款的过客

上午十一点，在邮局二楼储汇部的提款窗口，十二个顾客排出一条散漫的队形，像一尾切剁开来的鳗鱼。稍后，我加入了他们。

十三个不认识的陌生过客，分别拥有十三样提款的理由、十三样不同的心事；有的人把心事和手帕一齐捏在手心，有的人把心事放置在大衣的暗袋，有的人把心事伴着烟圈吐到面前十几厘米的空中，有的人把心事写上两眉间紧锁的印堂。十三个过客共同面对着一道冰凉的玻璃窗口，十三本存折一本叠着一本，冷静地排列在柜台上头。

办理提款手续的小姐，穿着蓝色的上衣，坐镇在终端机和点钞器之间，熟练地取下另一本夹着提款单的存折，用相同的诚恳和耐心，不温不火地核对提款单上的印章。

当任何一个提款人把送回来的、夹着纸钞的存折收入怀里，然后匆匆离去之后，十三个人共同酝酿的那股焦虑气氛便减少几分。我已习于等待，更热衷于享受等待的煎熬；对于时间的缓慢绝望以后，该把事情悄悄想得更坏些，譬如期待更长久的等待，才能在终于轮到自己时获得短暂的惊喜；惊喜也许短暂，却应好好把握。

　　"只提一百元吗？"小姐亲切地垂询。

　　"是的。"我以自信和坚定的脸庞回答。

1985 年 3 月 7 日《新生报》

一加一的答案

都市的下午，你在路上随机地找人发问，请他说出一加一的答案，谁都直觉地认为是个无聊粗俗的文字游戏，而想找到一个令你失望的答案；为了证明自己不是白痴，答案是二的可能性的确不大。

转着流程尺的程式设计师，习惯性地用二进制回答：一加一等于一〇。

经济系的学生当然要使有限资源发挥最大的功能，他们的答案是两个一所能排出的最大值：十一。

蹲在一罐罐暹罗斗鱼前放饲料的鱼店老板说：一加一等于一。他把一只红色的斗鱼放进蓝色斗鱼的罐子里，水中扬起一阵泡沫，不久蓝色的那只翻着肚皮浮上来，老板拎出湿润的残骸，"你总该付钱吧！"他空出来的那只手在我面前比了个数字。

教官说：等于二，当然等于二；抽一根烟一个大过，抽两根烟就是两个大过，绝对不打折扣。

法学教授的想法是这样的："在民法中常常是一加一还是等于一，譬如债编中有关连带债务的规定。"

测字先生推了推老花眼镜，眯着眼说："一加一等于王嘛！"

而那位赶场应酬的政治家匆匆地表示："一加一可能等于二以外的任何数字。"他吞了吞口水，抽出白手帕沾沾前额。

"但是，我也不排除等于二的可能。"他接着说。

1984 年 11 月 3 日《自立晚报》

排名战争

　　排名战争到处爆发，整个都市都充斥着硝烟味。

　　"依姓名笔画序"的折中方式，只适用在均势下的妥协状况。各式各样的展出、评审、会议，串串人名罗列纸间，前前后后、上上下下，都反映个人在社会或团体中目前和可预见将来的价码；列名者十分认真地把排列顺序视为自己行情的敏感指标，大家表面上显出一副廓然大度、毫不在乎的高风亮节，暗自却连字体的大小也认为攸关荣誉而计较不已。为了谋求人生和事业的进展，那么伤感情地超越同侪是一种不可避免的无奈；反过来说，这阶段的较劲就算尘埃落定，不过永远有下一个回合，谁能保证自己的殿后者不是在蠢蠢欲动，准备大力冲刺？于是很多人的一生简单地说起来只有两回事，追人与被追。

　　排名战争到处爆发，整个都市都充斥着硝烟味。

　　电影海报上斗大的卡司表是排名战争的传统战场，几个"天王巨星"（如同部分的本土货只有特级品和高级品两种等级，而无所谓中级品的存在；我们的演员大概也只有"巨星"和"明星"两等）凑合在一起，免不了一番风起云涌；据报载，某些女优甚至不惜为此拉扯撕咬。实在说，领衔主演的宝座不会永远牢靠，如果轻易忘却上一个大牌是如何垮台的，通常在你姿色衰弛或被观众倦厌遗弃以前，就会因为公共关系破产而闲废下来。大牌一直踩踏着滚桶前进，随时准备摔下。

排名战争到处爆发，整个都市都充斥着硝烟味。

黄昏，那位偏好少数说的教授绷紧脸庞，不理会学生们的劝阻，提前走出饭店的大门。这次谢师宴上，他的致辞竟然被安排在 G 博士之后，他深深感到挫折，沉重的跫音经过一面光洁的展示橱窗。橱窗里巨幅的畅销金曲榜正交替着小小兴亡，店员忙碌地换上本周新的曲牌，几张卸下的彩色纸片被随手掷下，在落地前如垂死的麻雀般不甘地鼓动翅膀。

排名战争到处爆发，整个都市都充斥着硝烟味。

1984 年 12 月 14 日《新生报》

白色慈悲

　　这位痛恨血腥的"元首"主张的是"白色慈悲"，因为他一贯支持棉农，让土地在收成时流溢着白色的光泽，更重要的是，他坚持军队和警察守法，例如说有一天早上他在"总统府"的办公厅接了一通电话——

　　"是的，我是'总统'。喔，是署长吗？……什么，无罪释放了？……什么，又搞集会游行了？……没关系，我们是主张民主的，我们必须保持比白色更白的纯洁，凡是政府出面的啰唆事都要守法，我会通知立法局修改法律……没问题，只要再改一次，把漏洞填补起来，那个律师就再也保释不了那些歹徒了……对，署长你不要灰心，以后我们把集会游行的人数限制在五十人以内，这样子就搞定了；你千万要告诉警务同志们，一定要守法。"

　　为了贯彻"白色慈悲"的政策，他亲自带着刷子和油漆桶，爬上"总统府"的钟楼，一刷一刷地把塔尖漆成了白色。不久，他的"首都"所有建筑物都配合着"元首"的兴趣全换上了白色的外壳，人民个个都胸怀一本白皮烫金的袖珍宪法，快快乐乐地享受富裕的生活。

当然，在世界地图上，这个地方也是一片空白。

1991 年 6 月 2 日《中时晚报》

黑　函

　　黑色是一种神秘的颜色，它具备吸收光线的特质，别有一种变幻无常的美感。黑色的色名也很多，以象牙烧出的称为"象牙黑"，以煤烟烧出的称为"煤黑"，以人类尸体烧出的称为"尸黑"，带有光泽感的则有"漆黑""湿羽毛黑""钨黑"等名堂。

　　黑色既代表"很酷"的男性，不少运动员和歌星以黑色为象征色，也代表死亡和悲哀。恐怖的鼠疫叫作"黑死病"，病态的文学作品叫作"黑色幽默"，暴力恐怖电影叫作"黑色电影"（因为印度语"黑"的发音为"诺耳"，"黑色电影"亦称为"诺耳片"）。

　　此外，还有一种东西叫作"黑函"。

　　"诺耳片"通常是宽银幕彩色电影，"黑函"通常也不见得是装在黑色信封里的黑信纸，而且不见得装入封函之中。只要是没有署名或者无效署名都算是"黑函"，有的是被安置在署名位置的也是无辜受害人（署名者强调："我"没有发出"这封信"啊？）

所以说，"黑函"可能是白纸黑字，也可能印成彩色传单；可能被悄悄塞进你家信箱，也可能由一个二愣子在十字路口发放。只要是内容造成对当事人伤害的书面，统称为"黑函"。

"黑函"的名堂不少，上面记载的可能是事实也可能不是事实，如果按照"真实性"来区分，可以出现如下的"黑函"类型：

第一类，内容为真实的"黑函"：

既然内容为真实，为什么不能以个人真名为社会揭穿祸害呢？当然发函者有其苦衷——

（1）发函者是共犯或者当事人，所以不好意思把自己扯出来。

（2）发函者相信自己说的内容是真的，但是除了直觉之外，没有真凭实据。

（3）发函者是被攻击者的盟友，不方便自己出面。

（4）发函者不小心忘了署名。

第二类，内容为伪造的"黑函"：

内容为伪造，当然不能以真名示众，否则就会吃上官司，不过仍然有两种可能性——

　　（1）发函者是被攻击者的死敌，或者收了死敌的好处。

　　（2）发函者自己发函攻击自己。

　　第二类的第二种情况非常诡异，但却是高招，一则嫁祸于发函者的敌人，一则制造哀兵姿态、博取同情。

　　至于"黑函"的内容，选战期间在街道角落就有不少，可以免费拣几份作为茶话题材。

1992 年 12 月 4 日《自由时报》

电梯门

下班的时候，他总是最后一个下楼。他打发了上来催驾的司机，要他先回车上等候。他锁好公司的大门，又有些后悔先打发了司机。

他的叔叔和堂弟都丧生在电梯里——活活地被震死在断了缆线的铁盒中。现在他孤独地置身稳稳下沉的电梯里，涔涔的汗珠豆粒般滚出他额角上张开的毛孔，他忽然感觉到呼吸一紧，缺氧的压迫感逼上中年的肩头，他反射性地试图把两手伸向头顶的通风口，却够不到，眼前一黑，整个身体都软了："停电了吗？"

"我不要死！"杂乱的意念风驰电掣般闪过脑海，电梯仍在下坠，他似乎感到那恐怖的加速度……张口欲喊，却怎样也喊不出声来，他在黑暗的盒子里勉强支起，希望能找到他平时常常注意的红色按钮，那按钮……那只苍白而颤抖抽搐的右手没有触到银色的键板就缓缓地掉落下来，另一只手下意识地握紧了胸前的项链盒。

　　司机一直在一楼的电梯前等待，凝视着指示灯，一灭一明地溜下来——14、13、12、11……他收敛起不耐的嘴脸，又对着大门上的玻璃压压翘起的鬓角，3、2、1。

　　门启处，司机被眼前的景象慑住了，在电梯的灯光下蜷着一个倒卧的人影，灰白的头发像秋野上的莽草，项链盒被扯下，滚到角落，金色的外壳异常显眼，粉红色的硝化甘油锭自半开的盒中撒落了一地。

1985 年 5 月《中外文学》

未知次元的门

夜已深，我在没有路灯的 J 路上散步，眼前突然出现一道独立的门，时空在此刻凝止了，月亮停住，半空飞机闪烁的灯号也冻结了，僵滞在天上。

我绕着门走了一圈，独立在空间中的门和没有缀在衣服上的拉链一般没有作用。我触摸着，门上冰凉的金属沁透指心，难道这就是某篇著名小说中所描写的，那道通往未知次元的门？我好奇地扳下手柄，柄上的雕花紧贴掌肉，推开门，并不如想象中的艰困。

门启处，迎面射来耀眼的强光和灼热，伴随刺痛的沙岚，我扑倒，全身竟如贴在烈火烤过的玻璃屑上，而门已消失……终于我认清了环境，是一处无边无际、天空垂着金色火球的沙漠。撒哈拉？戈壁？还是卡拉哈里？我一苦笑，飞卷而来的沙粒马上填塞我的口腔，我的头发也缠入无数沙粒。我此生已陷入传说中的结局了，我致力于找

寻回来的门，但是每次都得到一个新的，而且更为冷酷的
世界。

1985 年 5 月《中外文学》

卷八

舞

靓　容

0

基隆路上奔驰了整夜的卡车和货柜，破晓前，总拥有一份奇特的安谧和宁静——一种缺乏稳定性和安定感的安谧和宁静。蛰伏在夜幕底下的台北，仿佛是钢铁、水泥、玻璃和瓷砖构成的庞大丛林，那是凭借个人心智和力量所无法企及的团体杰作。巨硕而错落的建筑物，此刻正如墓场中的碑石般，吞噬无数人口，镇住无数因缘聚合、无数苦集灭道。

1

当黎明夺去了路灯薄弱的光辉，宁静被零落的鸡鸣啼破；油亮的光幕缓缓升起，衬托起都市黑色参差的棱线。我模糊的影子也长长地拉开来了，都市人的面貌和个性，都像这影子一样的模糊吧？

下一辆货车，赶上了天明。

清道的妇女，散乱的黑发在微曦中射出闪闪银光，随着动作的俯仰，蓬松地游离。几个慢跑的青年，喘着气，带着蒸热的汗味掠过我的身旁，时时摇动着缩小的背影转入红砖路尽头的弯道。

七点半，台大校园里散布着零星的晨起者。就寸土寸金的台北而言，台大的视野无疑极佳。从宽广的椰林大道步行而入，直达活动中心前的圆环，沿路皆可见到做操和练武的人。随着太阳的上升，鸟声吱喳地喧闹开来，麇集的团体随处可见，他们各自围成不规则的圈子，学拳、习剑、做早课，莫不端正凝神，俨然有参禅的气象。偶尔也有练铁扇子的妇女，把武侠剧的音乐极不合时宜地大声播放，突兀的粤语词曲回荡在学术机构里，对一个散步的过客而言，这些音响正如用手指甲搔弄黑板所发出的怪声般，令人悚然。

2

这个时候如果走进罗斯福路，沿路的膳堂书铺犹自重门深锁，公馆站前的各路车牌已经站满了大中小各号学生；公车气喘吁吁地喷着黑烟来去，风一带，总散在行人的面前。我忆起了姜成涛的歌声："晨风轻轻地吹过／曙光也唤

醒了阳明山／市面渐渐地醒来／你早／台北／让我们向你
致敬⋯⋯"绚烂的朝阳正升起，都市的靓容显露出爽朗艳
丽的色彩和光泽，一座座矗立的建筑好似正在晨祷，任是
谁站在这硕大无言的都市里，都可以深刻地感觉到；这一
切正是文明的本身在说话。

3

　　为了上课，我常常从台北搭车到新庄，过一座桥，从
一个都市到另一个都市，加上回程，要换四班公车。只要
投下几个硬币就可以代步的公车，是民权时代最佳的见证
吧，临时工人、法官、小生意人和大学教授都杂坐一车，
人潮汹涌的时候，硬挤上车的好汉，不论身份地位，一样
地被夹在车门后的踏板间上下不得，这是封建时代绝无的
风景。

　　乘坐公车，调整自己的目光是门最艰困的艺术。上车
后搜寻座位，首先不能太过明显地左顾右盼，以免引起大
众侧目——让每一个乘客都发现你汲汲于坐下确是一桩窘
迫的事情。步向目标尤应不疾不徐，恰到好处，既不可现
出狼狈的模样，又须赶先一步、快人一筹。

4

某漫画家曾经传授学生，在公车里应满不在乎地看着对面的乘客，攫取观察人类面部表情的机会。但很明显的，如此大胆地注视对方，往往被认为是一种冒犯的举动，而被狠狠地瞪了回来。因此，内敛而不失敏捷的眼光，正是好事者在车上所应保持的理想姿态，否则往往在这种目光的战争中，惹得坐立难安的不快。

对于提着公事包或者菜篮子的小市民，公车的挤最是苦不堪言；偏偏许多小市民，都需要在相近的时间内搭乘有限的车次。在一个酷暑的下午，夹在人堆中，心贴心，背贴背，浊重的呼吸吐在彼此的脸上，酸臭的汗气阵阵蒸起，又不时甩来一束女子油腻的长发，带着刺鼻的味道打在咸湿的面颊上，这种滋味恐怕是所有公车常客的共同经验吧。而下车的这关尤其险恶，有人不断拉铃、有人大呼下车，一方面又有人拼命在人堆的缝隙中钻营，车未靠站，已是一片大乱，不下战时防空洞恐慌的气氛。对于别有用心的鸡鸣狗盗，公车的挤却是妙不可言——职业或玩票的扒手和毛手所表现的猥琐作风，早已成为公共道德和治安的黑死病。

跃下种类不一的公私车辆，不同职别、不同阶层的奋斗者纷纷地拥入各个商业办公大厦，这里一样充斥着战斗般的气氛，时间就是商业的生命——当打卡钟声清脆地在耳畔响起，随着走向办公桌的步履，一日的职业生涯已开始倒数计时。

5

电梯是高楼巨厦内部交通的枢纽，在繁忙的分秒里，无数的电梯上上下下，载着人货，载着千万种不同的心情，也载着隐匿的罪恶，电梯把这些都载到陌生的空间或是熟悉的高度。在大厦腹中空旷无人的走廊上等待电梯，总令爱幻想的朋友生起阵阵寒意，门启处，谁也不晓得会出来什么东西。或是处身空敞的大电梯里，在亮可鉴人的铜壁上发现：唯一同行的陌生绅士，正把他那双又白又大的手伸向你的后颈……事后，他拍拍手从容地步出电梯，没入大厦里数百间套房里的某一间，或是消失在街角的人潮里……这种念头的幻想成分固然浓厚，但在大厦管理成为治安瓶颈的今日，也绝非空穴来风。

电梯到达目的地前刹那间对乘客重力的干扰，是许多人永远无法适应的。但是大多数的乘客宁愿受到熟悉的重力干扰，这代表着你即将安然步出电梯的斗室。偶然的机会里曾经听到某教授躬述其真实体验——电梯里的小灯正顺着数字前进时，忽然间一切静止，陷入黑暗，莫名的惊悸袭上心头，三数种令人凛然汗出的猜测飞窜入脑海，停电？故障？一个人被关在黑暗的盒子里，疯狂似的敲打和吼叫……如此意外发生的概率或许不高，但在新闻纸上有关电梯事故的显赫标题震撼下，以及新建华厦愈来愈多的层数，使得乘坐电梯，委实有上天堂或下地狱般的漫长和无奈。有如世袭的天性，电梯里的人们仿佛竖着利刺取暖的刺猬，保持着微妙的空间关系，或双目低垂、屏息凝神，或两眼发直、喃喃报数。在如释重负地步出电梯前，如一群沉默而枯燥的雕像。

6

　　不仅是西装革履的白领阶层借由电梯直达办公处所，北上求职的乡村少女也由电梯装载着输送到生疏的环境。她手中剪报上的地址，是能够提供理想和热情来奋斗的场所，抑或是敛财骗色和逼良为娼的可怕陷阱呢？隐伏着危机的房间，它的外观和大厦里所有的房间一模一样，而门后，却通往无间之地狱。

　　平房时代已经远逝，人口急遽地膨胀，使得公寓生活一跃而成为绝大部分居民所须面对的事实。一栋栋的公共住宅由政府斥资兴建，在寸土寸金的台北，每户平均二十余坪的面积，一方面顾虑到市民的经济能力，另方面则一地难觅，只有严格地控制坪数以增加户数。（但是住者有其屋的理想，是否也应斟酌传统文化的背景？）二十余坪的生活空间，仅仅适合于由父母子女构成的核心家庭，而极难塞下由直系三代组成的折中家庭，忘了加上祖父母的房间，真担心此间老人家们的归宿，也会步向西方社会的残酷公式——必须孤独地度过人生萧然的冬天。

单身公寓在近年慢慢崛起，独身者蜗居在数坪大的套房里。这里的主人有许多都是三十岁以上的未婚或离婚的职业女性，她们把狭小的空间布置得美轮美奂，毫不吝啬地投入大部分所得，或许她们是寄望回家时，华丽的房饰可以温暖、滋润独身的寂寥岁月吧？独身，会使女人渐渐丧失对职业和生活的理想和热情吗？如果只是为了活着而活着，人生就会成为没有刑期也没有大门的牢狱。

市中心有许多半旧的楼房，底层开设各式各样的店面，楼上则分隔成许多空格，成为简陋价廉的宿舍。此处房客在经济能力上远逊于单身公寓的居民，因为工作或求学上的便利，而暂时委身于鸽笼般的窄小宿舍。一层楼里用木板隔成数十间，摆一张床便几无回身余地，重考生、临时工和小店员同在拥挤、嘈杂、空气氤氲污浊的斗室内默默栖身。这些流动户口，在庞大的都市里，显得渺小而无助地臣服在环境的淫威下，有时更易遭受命运之神无情的摧残。前一阵子，一栋此类楼房惨遭祝融之祸，报纸刊出几具焦黑残骸，可想见当时如地狱般的惨状——黑暗中混杂着尖叫和跑步声，浓烟带着炙热的温度沿着狭隘的楼梯和局促的通道疾速滚动……

7

住宅区的建筑有着令人厌烦的雷同。这种雷同不在其形而在其意。公园对于调整都市人生理和心灵的双重视觉，具备显著之价值。在层层公寓的包围中，寥寥数百坪甚至只有数十坪的人工绿地，正是四周居民无价之公器。沈复先生在《浮生六记》中，记载他儿时把蛤蟆幻想成庞然巨物的本领，这种能力现代都市人也都在无形中培养出来。把一棵树看成百棵树，一朵花视为万朵花，都市人把公园当作大自然浓缩成的药片。

道旁的木棉在光秃的枝头端出朵朵艳红的大花，不时因风而落，啪啪地撞跌在红砖路上。走在都市的靓容里，感到莫名的哀戚如雾升起，是怀旧的情绪吧？文明前进的旋律和都市成长的流程在我心中穿梭……而我只能坐在红砖道上的白栏椅子，看往来车辆的流体窜逝，夹带啸声，如春秋的战阵冲杀。怀旧的情愫，对于都市人的心灵而言是否过分造作？都市人已习惯于面对未知的未来、面对剧烈的变迁，把时间浪费在回忆中沉醉般的感伤，是一种恐怖的奢侈吧！都市面貌的日新月异，把人锻炼得冷漠。十年，仅仅十年就可以改变一个区域中每一个最小的细节。无常的围墙、无常的邻居，都市是一座无常的丛林，水泥墙上回荡的噪音如同野兽的嘶吼，交织的道路向八方奔驰，划开大地的皮肤……都市出生的人是没有故乡的，他们从生到死，都像乘坐一列永不停歇的快车，永远地进站、出站，遗忘了起点，也不存在着终点。

8

落阳，在沉闷、黏湿的穹状尘罩外缓缓下移，光线穿过暧曃的尘罩，折射成无比迷蒙幻美的黄昏，这种在乡野里无法看到的绮丽景象，正是空气污染带来的意外礼物，但也是人类生存危机的强烈启示。

华灯初上，赭色已染遍天幕，愈近地面颜色愈深，直触及一列黑色的高低棱线。晚霞似血，像是最哀艳的伤口，深深地割开天幕，滚涌出火焰般闪动、跳跃的云彩。

夜来临，市中心所有的商业都蔚然蓬勃，川流不息的人，川流不息的车。而越是多人多灯多热闹的地方，偶然察觉的，一股不期而生的寂寞也越大。夜总会和地下舞厅内，正充满着微醺的气息，飘忽的灯影在扭舞的躯干上打出斑驳的光彩，强悍的热门乐声、杂沓塞窒的人声，时时流动在指间、腋间和股间……尽情地舞呵，舞开肢体，舞回原始，舞向洪流，就像是古代筮者祈福的狂摆。

刺激，如一朵极快凋萎的黑花，或许你一脚才跨出舞场，另一脚已踩入寂寞了。尽管街道上仍是霓虹灯火一片炯明，你却只是一片空白和茫然……空白的情绪像滴在宣纸上的水墨，在街道间渲染开来。每一条明亮的街道都通向黑暗，既是黑暗的尽头，也是黑暗的开端。孤寂，孤寂是都市人共通的命运，每个人都像是瀚海中形单影只的明驼，项上驼铃和着一个个深陷的脚印叮当响起……

9

公车的夜奔，令人有镂骨铭心的深刻印象。从木栅到台北，一路无情闪逝的路灯，刺入视觉的中心，凝成一个光点。行车的韵律，是种听不见的脉搏，乘客们各有不同的目的地，但是每个人都同样地希望能够更快到达该到的地方，全车的人凝结出一股无名的意志——不是你的，也不是我的，而是一股共同和强大的意志。这股意志配合着车速，以铁兽之躯向前疾刺，隐着车身刺进辛亥隧道……和着轰轰的车声，缓和而显得湿辣的方灯块块打下光线，在隧道里，人人都有张尸色的脸和紫色的唇，甫出隧道，清凉袭来，台北也袭来，我喃喃念道："台北，你是我们世袭的财产！"

　　在都市进步繁荣、整齐秩序的靓容里，却存在着难以解决的文明苦果——拥挤、罪恶、噪音和污染。"都市呵，交织着文明和无明、交杂着希望和失望、交融着理性和谬性……"我默默地想。静静地等待着窗前今夜的昙花。那昙花的叶，向无垠伸展；那昙花的白瓣，开，开，轻轻荡开，在无垠中荡开。

1983 年 11 月 11 日《中国时报》

树

一对菩提树谦逊地生长在都市的盲点。

在一块畸零地上，淡褐色的树身被穿过大厦间隙的阳光照得黄金般闪烁不已；到了夜里，即使无月，在路灯清冷的探照下表皮仍然显出有如月球表面的凹凸纹理和绝对寂静，一层惨白而莹亮的氛围继续地滑动其上，直至天明。

经历无数台风的袭击，两株菩提树在维持一长段紧紧贴卧地面的姿态后，树身猛然以一百五十度的弧线挺起，直直地把千枝万叶如同伞般撑起。

撑起宇宙，这菩提。

这不动的圣座。

近似心脏形的叶廓，在边缘镶缀着优美的曲线，尖细的末梢顺着主叶脉伸展成一道流逝在时空中的笔画，给滚动在嫩绿网络上的露珠儿开条滴落大地的虹迹。

　　坚实的树瘿，纠结盘缠，把成长的苦难紧紧压缩在一起，像老人手背上脆危而清晰的静脉瘤块，这正是木本植物与岁月天地顽抗后所残余下来的证明吧。在另一个超越时空的月圆之夜，一棵立在北印度的菩提树，这桑科乔木缓缓飘落下无数艳丽的花朵，继续灌溉着大地，一面柔和地覆盖在一个青年的双肩上，菩提树荫下的觉者释迦，正参透宇宙万有的奥义，在此刻安详地通过那迈入觉悟的临界点，任大欢喜沐浴着每个细胞、每一寸毛孔。

2

　　菩提树高雅的气质，的确隐喻着觉者一生，在充满煎熬的人生苦难中省思，乃至透彻后的大觉悟，这正是人类自我提升的一个漫长路途；菩提树象征着东方宗教的人本思想。

　　相对的，最能代表西方宗教态度的是三角锥体的圣诞树。西方宗教已经完全否定人的自觉，基督背负了意味着冲突和对立的十字架，人类则在神的目光下背负原罪。因此，耶稣是来"降生"的、来"拯救"的，人们鼓舞的不是他给成圣立下来楷模，而是他终于下凡来了。

在十八世纪初叶巴黎来往马车的市街上。

在十九世纪新大陆降雪的旷野中孤立的、清教徒的木造小筑里。

在二十世纪中期政变频频的南美午夜，那显得特别温暖的公寓客厅中。

在1984年播放着重金属音乐团蓝调歌曲的百货公司入口处。

圣诞树在世界各处惊人地繁殖着，人们围着它们狂舞、欢唱，不论是否信教，圣诞树已经被人类当作一种季节的征候、一种普世的意象，从这个观点而言，圣诞树确实征服了现代人种数万年来的文明，就算天下的树木都因污染和生态结构的变迁而消灭殆尽，圣诞树是唯一不可能绝种的植物，虽然它们不是帝王，也不曾出现在任何一部正史和严肃的教科书上，甚至无法在植物分类图鉴和百科的索引上寻获它们的排名。

挂上各式各样锡箔和缎带的加工制品，还有一些糖、一些保丽龙彩球，以及一圈圈盘旋而上的电线，氖灯规律地熄灭、亮醒，刺麻我们的视觉，有节奏地激昂我们的情绪，使得大家已经没有余地去考虑它们在我们文化土壤中到底存在着什么样的地位和影响。

很少见到原材的圣诞树制品了，树身和石绿色泽的树叶都用合成塑料代替乔木，可以一再堆回仓库，永保新鲜，翌年掸去尘埃，又能够栩栩如生地现身在众人眼前；当然在经济能力许可的范围下，它们必然面临短命的结局，尤其在中产阶级生存空间的限制和大企业饱尝积仓压力的世纪中，这或者是现代商业和化工技术另一个明显的投射。雷射束拼组的圣诞树是一项期待，影像既不随意形变、交替彩色，又解决所有关于空间的考虑。

棕榈是另一个典型，顺着围绕地球腰身的赤道蔓生着，从东印度群岛经中南半岛，近东到达沙漠的边缘，棕榈在干涸的险地随遇而安，这种倔强的性格和生存其间的人民吻合。

1830 年法国一支三万七千人的部队费时二十三天就控制了阿尔及尔，此后的百余年间，法兰西民族将庞大的税金以及许多第一流血统的将才和子弟消耗在法属非洲约三百八十六万六千九百五十平方千米的土地上，反叛乱扫荡所及之处一片焦土，房舍老弱无一幸免，连土著赖以生存的橄榄树也砍斲一空。基督教殖民主义侵入不设防的沙漠，犹如利刃刺入海面般轻易，但是利刃终究会被海水与时间共同腐蚀，海水却依旧是海水；倒抽一口凉气的殖民帝国在历史中崩溃了，沙漠仍在。

不可屈服的民族仍在。

挺立在大苍茫中，和烈阳、风沙僵持的棕榈仍在。

3

记得泰顺街旧宅的前庭东北角，的确有这么一棵棕榈在着，长得矮小茂密，一头乱发，神似乔治·卢卡斯在"星球大战"系列中所设计的智慧生物：生存在低重力星球上，用细短的身躯支持着大而结构脆弱松散的脑袋。除非你已站得离它够近，否则真难清晰地分辨出纠结一团的掌状叶片。

然而最怀念的是后院的桑，晨起，舒缓地踱步到它的跟前，鲜嫩的叶片上露水汤汤，这份清喜已赛过千万锦阵花丛；桑是凡品，然而一举枝、一抽芽皆有中国民间的贵气无限。桑枝高敞邕茂，叶的气味总令人想到肥饱的白蚕进食间所发出的沙沙声响；树汁另有一种馨香，来自米黄色的木心，只有雪花晶体的无色之色差可比拟。

中原农村女子多要采桑叶饲蚕。初阳斑斓而温暖，采桑女起落的素手，正合着禅僧说的"体露金风"，提篮篓的年轻身影缓缓移动，在时代的风景里冥冥地消磨思绪和青春，这充满光的景象完整地呈现出民间劳动之美；桑是属于庶民的。

桑不仅是布衣的，又带些法家的清严方正。诸葛亮在上刘禅的遗疏中自道成都有桑八百株，每次读到这里，不免泫然；诸葛亮虽然没有宏伟的事功，但是单凭这种风格，在历史上就可以被成全。

相对于桑，松是中国士族和仙逸的共同化身。

走在野柳小丘陵上的山径中，大风里看到一列列淹没棱线和低云的巨松，我的心智仿佛直接融入了那片郁绿的深处。

4

都市里的松，上头终年找不到一只野生的松鼠；松中寻鼠，就像在台北找棵野生松树一样艰难。反而是泰顺街的那株桑树上曾经寄生了一只断尾的野生松鼠，不过等附近的顽童把它的头也断开以后，一切便完全结束了。

很奇怪的，桑这种传统性的多年再生经济作物到了都市就摇身一变，成了观赏植物；而一直是观赏作用的大、小松树，在市场价格上的新地位又使得它们成为一种经济作物，开始接受金钱和俗匠市侩们的抹搭怠慢。

不过在都市里，松、桑两者暂时都非树坛上领衔主演的要角。

道路树才是主角。

就我所能唤得出来的名称而言，就有十几种"木材"加入本市道路树的阵营里，这样也好，敦化南路的确应该和忠孝东路的气氛有所不同。从这条路转折到另一条路，不同系列的道路树组合多少可以醒醒驾驶者对于灰色路面的倦意；如果你够敏感的话，还能分辨出今晨此段路程中的若干氧气是吐自什么种类的道路树木。

白千层（长久下来就算不被车烟熏成黑千层，也该正名为花千层了，不过这里从俗）的皮肤病永远不会好，撕去一层还有一层。

站牌旁的白千层，通常底下半截都见得到艳澄澄的木身隐现在被扯得若即若离的树皮之后；受害部分，高度的上限也通常与折叠门上画的半票标准线相当。其实任是谁在孩提时代都会对白千层的树皮感到兴趣，对于搜集它们的树皮更加感到兴趣。

作为道路树，榕树的特点是适合剪出各种造型，圆的、扁的，像蕈状云的，甚至弄个街头植物园。不过，没有任何事情比这种视觉上的虐待更令我莫名其妙地产生暴怒。现在还一直怀念着，有段时间常常步行在基隆路上，沿着红砖道，任那垂悬的榕树气根一路搔击着脸的感觉。

执勤中的道路树不穿制服，它们所站立的位置和规整的体态和容颜却如同制服一般明显，其实它们的身份已经不是树了，充其量是种道具，或者符号。然而木棉仍旧是树，尽管被格律化地植入等距的水泥框里，它同样把对这个世界的愤怒用大号的花瓣包装好，再一一摔下。

火

0

生活在都市文明里的孩童是不准玩火的。很多人在七岁的时候还不懂得如何划一根安全火柴，"危险啊！"父母们会气急败坏地抢起儿童手上的火柴盒，的确，在客厅柔软的地毯上是不适宜玩火的，于是儿童们只能透过图片和荧幕来认识火，至多只有在瓦斯炉上可以看到被压在锅底的一圈高度整齐底火苗，以及那隐藏在金属盒子里，只爱和白色纸烟接吻的火焰。

1

火，闪烁、跳跃、滑动、游移，只要有足够的氧，在任何时空中都能爆裂出辐射状的火芒，不断模拟自我、再现自我。

火，出现在文明的每一个角落，也出现在无明的任何坐标。

火在木棒上不安稳地伫立；在香头轻轻地呼吸；在失火农舍的窗棂上持续着它的思考；在森林里漫无节制地玩耍嬉戏，一面咳嗽，一面从这个枝头跳到另一个枝头。火是哲学中所谓的普遍者，化身无数，并存世间。

并存世间，火是没有记忆的一种现象，因为它每次熄灭以前，记忆已经被浓厚的烟尘抹去；然而火是永恒的。

火是永恒的，它总是拥有不确定的形体、变换不已的色泽以及无表情的容颜，尽管它常常悄然隐遁，但是它随时随地会成为一个失败的隐士，缺乏耐性，总是忍不住再度现身，在历史的另一页上，未发出任何警告就点燃纸角。

火兼具光明和毁灭两种矛盾的性格；也许人类的光明面，如同火一般，是建立在本质黑暗的毁灭之上吧。

2

太多神奇的传说了，关于人类最初得到火的故事。

普罗米修斯是下场最坏的一个，在所有为人类寻找到火种的英雄中，只有他因此受到天谴，被缚绑在高加索山的绝壁上，无法休息、无法睡眠，甚至无法得到喘息的片刻。普罗米修斯破坏了诸神对于火的垄断事业，才遭遇如此可怕的待遇，想来"工业所有权"的法理早已出现在古神话中了，并且加诸违反者恐怖的刑罚。普罗米修斯生不逢时，要是在八十年代的台北制造仿冒商标的火柴，或是贩卖已被他人取得专利的新型打火机，顶顶严重不过是判处两三个月徒刑；其实通常在一段漫长的缠讼之后，不是登报道歉，就是罚金了事，他上午在法院缴清了款项，下午接着又可以一卡车一卡车地出货，继续在人间推广那些价廉物美的仿冒品，哪里还有再度被天兵天将架上高加索山的风险。

和普罗米修斯的辛酸经历相较起来，燧人氏之流的传说显然过于平淡无奇，既没有资本家伟大的冒险，又缺乏社会改革者高贵的牺牲，史籍上只是一笔匆匆带过，一方面是因为年代久远，文献不足征矣，一方面则必须归咎于中国史家欠缺文学想象力的优良传统。当然，史册上的记载简单空洞，现代人仍然拥有足够的想象力来填补这段时空的留白。燧人氏不一定是位男性，尤其是在那么古老、原始的时代；她或许是一个母系社会的女性酋长，在一个决定性的清晨，她发现一个心爱的男妾摸黑夜遁之后，狷忿地拿起一根削尖的棒子，向代替男妾受罪的木材狠狠钻下，她原本散乱的长发随着双臂剧烈的动作而飞舞着，蹲踞四周的族人们噤若寒蝉地注视着逐渐飘升的轻烟，接下去，原本专属于天的火舌也愤怒地冒出来了……

燧人氏这样的人物其实是没有人格存在的，这三个字不过是一个纪念性的代名词，代表着把火带进人类掌握的某些无名英雄。

3

停留在石器时代的巴布亚人种，他们无论走到哪里，即使在驾驶独木舟时，都不忘随身擎举着燃烧的树枝，他们生怕遗失了这宝贵的力量，更无法适应丧失火光的空虚和无助。人类纪元后的历史，也残存许多保卫火焰的象征性习俗，例如罗马和印加帝国的神庙中，都有童女司掌圣火，负责使圣火不间断地燃烧。

在汤因比列举出来的二十余个重要文明中，都出现过和火有紧密关联的哲学与宗教。从原始的拜物时期、多神教时代、二神教时代一直到大一统的一元化宗教纪元，火或者火神都占据着重要的地位。

奥秘的火，为人类烤软了食物的纤维，不但把人类带进文明历程的大门，也在整部人类生存发展史中扮演着象征毁灭的角色。

在貌似和平、安稳并且灿烂无比的都市里，火身为光明使者的身份早已被种种式样、功能的人工灯光所代替，但是，它仍旧以一贯的双重性格活跃人间。

花瓶旁的烛台被侍者以熟练、优雅的手势刻意点醒，高级餐厅的大理石桌上，透过火光的掩映，一对情侣相向的有限时空中便燃起了无限；浪漫的火，蛇似的光鞭击打在花瓶与花的棱线上，流动在双方面颊和唇的曲度上。此刻，烛台上的小小火焰犹如爱情一般，柔软、含蓄、善变，充满着犹豫和考虑。

但是在灾难的第一现场，火摇身一变，成为一种巨大而恐怖的现代恐龙。

当一个站在生死边缘的人终于忍受不了黏腻的温度与足以窒息十头大象的黑色浓烟时，他便会不由自主地松开抓紧铝窗的双手，从二三十米的高度纵下……他无意识地挥舞着四肢，凉风飒飒灌入他的衬衣和裤管，整个人像一轮跌落的风车般旋转着，通过一个接着一个的窗口，通过停滞在半空中的阶阶云梯，通过波波正喜悦地爬升的火势；他在加速度坠落的过程中听到连串的尖锐啸声，等他意识到这绝望的呼号是发自自己的喉咙，消防车身的红色、柏油路面的灰色与人潮的彩色急速放大，向失去恐惧感的他逼迫过来，在他凝缩成黑点的瞳孔中不断扩张失焦的版图，之后，他在地面撞出一枚沉重而孤单的休止符号。右手蜷曲的小指反射性地抽搐了一下，又静止下来，躺在逐渐围拢的人潮中央，他的身躯像是花瓣中一枚颓丧的雌蕊。

　　比此类局部性灾难更要强大千万倍的劫火一直纵贯地球的历史，索多玛和蛾摩拉为天火所焚的谬剧不过是其中著例。汉武帝时凿昆明池，掘出来的悉是灰墨，深不可测，武帝问东方朔，东方朔亦不识此物，只说："可试问西域人。"明帝时有西域道人东来，有人试以武帝时灰墨事问之，道人回答："经云：'天地大劫将尽则劫烧。'此劫烧之余也。"索多玛和蛾摩拉的毁灭和昆明池下的灰墨比较起来，不过是地区性的小型劫烧罢了，然而下一次全球性的劫烧会不会降临人类正面临各种困境的文明呢？

　　任何一场战事，不论是发生在史前时代的尼罗河平原，或者二十世纪的比利牛斯山麓，不论是在采取弓矢和绳梯围城的岁月，或者使用巨炮与飞弹歼敌的纪元，总是拥有一幅火光冲天的背景，那炽烈无比的红色视野包围了人类那踏过尸首的苦难眼神。在断壁残垣的小镇，在满目疮痍的田野，在露出钢筋与水泥剖面的渡桥，在遍布坑洞的海岛要塞……火，这不停闪动、翻腾、飞卷、游走的影像，对于人类受到永恒性伤害的心灵而言，就是战争恶魔恐怖而狂恣的化身，就是一种记忆中永远洗刷不去的阴霾，一种永远敲打不坏的地狱浮雕。

　　德累斯顿、东京、长沙、伦敦……经历那场巨型战争的一代，一旦在地图上瞥见了代表这些都市的圆点，都会像看到尸首上的弹孔一般，同时也会嗅到一股由扑鼻的焦味和血腥气息交融而成的怪异味道吧？

那么当你看到地图上标明"广岛"和"长崎"字样的圆点时有着如何的感触呢？我望着Y送来的长崎蛋糕，竟然难以下咽。

六千多副人体内脏被储存在广岛医院的一间陈列室中，整整齐齐地摆放在隔成五层的角钢架上。这些内脏都来自原子弹下的牺牲者，都曾经活生生地在体腔内正常运作，但是那瞬间的强光改变了一切……内脏们挂上号码，堆积在一罐罐大号的标本用玻璃容器里，近四十年的岁月经过了，脏器表面原本光亮灿烂的色彩因为时间的冲洗而失去它们的鲜艳，它们的无奈和怒吼似乎也已沉淀到瓶底；但是，它们给予现代世界的警告讯息却愈来愈强。

我们在《U235》一诗的"后记"中曾经提及："从四十年代美国的曼哈顿计划开始，人类的天空逐渐被核爆的阴影所笼罩了……"

核子之火的威力要比分子之火强大百万倍以上，因此人类面临一个无法克服的矛盾：目前唯一有可能帮助人类向外太空拓殖的资源——核能，竟然也是毁灭地球最简单的工具。超级强权间的核武对峙，使得整个世界的精神面一再倾向崩溃的边缘，《奇爱博士》这部电影的结局正是一个成功的现代预言。

在斯坦利·库布里克完成《奇爱博士》的六十年代，

群众的心目中，核弹造成的火球是不具真实性的，那滚涌到高空的庞大火球似乎只是一个夸张的符号，仅仅生存在新闻纸和教科书的附图上，而完全和他们的生命没有任何牵连。但是在八十年代，那些擎举标语的反核群众遍布在装置核子飞弹的国家以及停放核子军舰的港口。是的，人类终于意识到核子之火的威胁。

如果现在爆发一场全球性的核战，整个地球表面都将沉沦在火海之下，百亿吨烟灰中的碳粒子会随着热气流上升到平流层阻绝阳光，战后第一个月，乌云遮掩下的地球已经变成一颗包裹在冰块中的石头。一旦这场战争爆发，核子之火将陆续使这颗蓝色的惑星毁灭两次，正如同弗洛斯特在《火与冰》一诗中所描述的内容。

人类的文明，就像是冻结在琥珀中的甲虫，终究要败坏在一次无可挽救的劫火下吗？踏着火光走出来的人类文明，会不会消失在火光中呢？

1985 年 11 月 29 日《新生报》

海

自随波潮轻晃的甲板步下梯口，站在码头上，抬头才发现面前群山訇訇向我逼来，满天阴霾静静向远处推廓而去。灰云的威力压下山脉的棱线，太阳此刻是藏匿在圣柜中的一朵金菡萏，在没有关紧的柜门间隙，流泄几道橙色的光，缓缓沉落，谶语般的色泽，在我心头蒙上一层薄纱似的寒意。

回首，庞大的武装运输舰，正以郁绿的舷壁无言地挡回我仰视的目光，目光在鸿蒙中折射的回声，撞击着我空阔的胸腔；舰艇上空闲出来的两对小艇吊架，浅灰色的巨型钢架，犹如倒竖的蟹脚向两侧伸起。强大的四十厘米炮管，在舰身上显得纤巧无比，僵直坚挺地憩息。铁兽之后，是海。

我继续走着，便看到海，那不断用光书写蛟篆的流体，向堤外无限延展，除了几座红色的灯塔，像西洋棋子般在海图边陬伫立，水平线用距离的魔力吞没了整个太平洋上的岛屿。海，以超越生命的感知不断运动着，它是动的极致，但在我心灵的视野中，它却静似一块亘古不动的浮雕，和我外套上的皱褶粘连叠合在一起。动的是我在微雨里移走的形象。

我的脚步踏准了大地的呼吸，即使隔着一层人工的柏油路面，我仍然抓住被自然隐藏的节拍；这令我思及你的信，打开折叠的平面，便可听到你均匀的脉搏，和我的心音参差地混声，那奥妙，似海与大地的联手。出海的日子，我与海素面相对，它埋藏的无数境界，一一与我联想的轨道接通，我的思考侵入永恒的鬼域，浸泡在如沉淀着黑色物质的福尔马林液般的历史里……

在海上思想你，以为你比海还大，起伏的波涛不过是你解在枕上的酥发；海将我带入更为冷冽的空间，我本来就缺乏诗人温热的血液，而你的意志是在文明的冰柜中取出我被霜雪包裹的脑髓。

2

走在傍山蜿蜒的狭长港湾上，雨水打在我的脸上，远山近山在我眼前一一让开，再让开，让开一条白色的道路，将我带出港湾、带向车站。我终于意识到自己是被你强大的生命力所饲养的。我一直跌落在精神与肉体的深渊里，你提起我，提起上帝也提不起的我，在那深渊里浮升的，是连我自己都感到震惊的白色陆地。

北宜公路上大雾弥漫，我好似渡在你思慕的海上。走出海的磁场，却走不出你的磁场；想告诉你有关海的种种，但是见面时我必是一个字也脱不了口。很久没有提笔了，望向窗外，看到我那被你的才华切下的十指，在雾的深处站成十座参差的白塔。

自然有时是最安静的。

如果久久伫立在舰桥上，风浪和车叶反复规律的咆哮，都会渐渐削弱、平息，只遗留下完全寂然的视觉——因为一切的声籁，皆屏除在澄澈空灵的心境外。

站在舰桥上，我的视觉被自然的变幻诡谲深深吸引，傍晚的彤云在头顶翻滚，紫色与金色交错的浪在舷侧摩挲徘徊。如果自夕阳的方位驶来一艘友舰，必定会先伸出樯桅，遥遥向我打招呼；孤独、单薄却令人感到坚毅无比的樯桅，在阴湿冰冷的海平线上缓缓升起。

逆光的桅杆在望远镜中是纯黑色的，它切开落日迷离的光晕，带着些许神秘的传说色彩；船体在流荡的光氛中伴随樯桅的拔高，而摇摇摆摆地现形，这时明灭的灯号开始穿梭在两舰间的海域上。多么兴奋、喜悦的信息！茫茫海上，形单影只的寂寞感暂时卸脱了；我被海洋的辽阔深深感动，也意识到自己对于陆地有一种不存在的依恋。

3

生活在海上的人，总是在心中携带着一块属于自己的陆地，泥土和岩石在水兵的感觉里，是多么温馨和珍贵；船航行得再远，心中的岸总是紧紧跟着。

跟着我的岸，上面蔓生着无数的蔷薇；思念你的时候，我心中的蔷薇花蕾便忍不住、忍不住纷纷破碎……它们鲜丽的汁液激射在无垠的天幕上，泼洒在无际的海洋里。

晴天的时候，站在甲板表面，抬头注视着矗立的樯桅，仰角的视界里，铁灰色的十字架好似正顶触苍穹。白云幻化成种种巨兽，如同即将挟带千钧力道扑下一般，压迫着我的胸口；只有像枪杆上的准星同样坚挺不挠的樯桅，才无视于风云的威力。此刻，我心中繁茂的蔷薇，便盘绕着樯桅而上，在晴空下华丽柔美地绽开。

海洋，庞大而神秘，如同一枚没有瞳孔的巨眼，这里是光的牧场，鱼龙的摇篮与坟场；撕不开、砍不断，永远用一道线缝住天空的海洋，是地球一切生灵的起源，也是个最最古老的母亲。

　　水兵们的浪漫和神勇：把舵、爬桅以及狂歌，在海洋的眼中，也不过是孩子般的淘气举动罢了。漂泊海上的男子们，都嗜好在闲下来的时候，双臂依靠着扶栏，静静地望着无垠无尽的蓝色。在摇摆的甲板上，顶着风，任涛声涮洗去一切忧郁，让那碧意穿过胸襟。如此，就是闭起眼睛，也可以感受到她无法抗拒的召唤。

　　每当我注视海洋良久，一旦闭起眼睛，整个海洋的辽阔气象，都滚涌在我胸臆中。海正替地球进行着永恒无间的洗礼，日月升沉，潮汐起落，面对海洋，我感悟到：犹似柔软而巨大的棺盖，海洋正埋藏着生命与文明的昨日。在这无垠的空间中，人间所有的遗憾和怨恨，都显得多么的卑猥小气，该和海洋学习着包容和博大，该将视线投向最遥远的彼岸……

4

　　风平浪静的时刻，海是一件清凉喜悦的外衣，温柔地披挂在水兵肩上；水兵们的心情，也像他们蓝领巾上的白色水兵纹一般笔直平稳。风浪恶劣的时候，海洋不再是慈蔼的母亲，而是一个坏脾气的女郎。泼辣地击打船舷，浪越过甲板，从左舷腾起，自右舷翻落；最险的风浪会使资格最老的水兵都感到晕眩。

有一次驶向南竿，风浪险恶，黯黯行云流经阴霾的海面，船身左右的摇摆超过了四十度，舰长正襟危坐在回旋椅上，他的脸庞沉浸在黝黑的空间里，朦胧的侧影流离着一道光线，自帽檐经过多纹的额头、莹亮的墨镜、挺直的鼻梁、洪亮地传出车舵令的唇瓣、直到刚毅的下颌，勾勒出一个海军中校铁铸般坚定的面容——他正视着眼前澎湃的海洋，也正视着自己投注一生的事业。

"双车进四！"舰长清晰、嘹亮、短捷而镇定的车舵令，透过传话筒通达舰桥正下方的舵房。掌舵的"孩子们"（舰长是如此昵称视如子弟的水兵们），听到他的声音，都得到一股安定的力量，使他们在剧烈颠簸的空间里保持着高昂的斗志。不论水平仪上的指针如何不安地徘徊在刻度之间，他们的心永远定在海图所标示的箭头上。

我倚靠着竖立在舰桥中央的电动罗盘，电动罗盘高度及胸，随着航行方位的变换，发出"咯""咯"的声响，每变换一度的方位，就发出一声。那清脆的声响应和着窗外的涛声，带给我一种奥妙而莫名的震撼。

天色渐渐暗淡，电动罗盘的内缘亮起一圈灯火。我的视野越过舰长的侧影，俯瞰铁灰色的舰身。它像是一尾勇猛的巨鲸，在黑暗而奥秘的海面破浪前进，庞硕的舰身升沉着，伴随着规律的节奏；举目四望，迷茫的夜空已与黑色的海洋紧紧黏合在一起，找不出接缝的地方。海平线消失了，浑然若创世纪前的荒凉一般，在这个无月的夜晚，我感叹着人类与天地间奋斗不挠的精神与意志，内心燃烧起炽烈的火焰……

抢滩，是一种微妙而令人永不厌倦的体验。LST（登陆舰）对准岛屿前进，铺满黄色沙砾的滩头被绿色的丘陵拱绕着，不断向我的视野逼来。遥远的岛屿，陌生的滩头，原本只存在于模糊的观念中，现在却浮露出碧蓝的海面，在眼前毕现，我的心底激荡着兴奋的情绪。舰长挺直腰杆，双手握住舰桥前侧的扶栏，每一道车舵令都坚毅果决，稳稳地将舰身带入狭隘的海湾。

5

霎时，舰首滑上了沙滩，轻微而短暂的震动之后，一股沉稳的安定感袭上心头。船靠上了滩头，在长久的航行之后，踩着不再摇晃的甲板，反而感到不习惯。眼前，为战争而屹立不摇的岛屿，正展现它传说中嵯峨的身姿，欢迎着我们；一群陆军士兵已守候多时，他们奔向舰身的脚步，充满喜悦的节奏……

停泊在外岛的冷夜，面临凛冽的寒风与敌前的紧张气息，值夜更的心情格外地不同。备战中的军舰，关闭了所有的灯火。在无月之夜，黑幢幢的舰体，犹似一只蛰伏在黑暗中蓄势待发的巨兽，四十厘米炮维持着三十度的仰角，炮座里值勤的水兵，动也不动地望着黑色的海域，随时注意着舰桥传来的无线电讯。

我佩挂着"点45手枪"，被舰桥里幽暗的氛围所笼罩。拿着望远镜，搜寻着黑色的海面，不能放过任何一个浮动的目标。但是我的视野所及之处，所有的景观都像是曝了光的黑白软片，除了黑色，还是更深沉的黑色……

你喜欢海军黑色的冬服吗？我对于黑制服有一种特别的感情，因为我在台海的第一次航行，便是穿着这一套黑制服。痖弦来信说，"三十年前，海军少尉是一个很浪漫的名词"，三十年后，"海军少尉"的身份，不仅带给我如蔷薇般浪漫的诗意，也造就了我和樯桅一样刚毅的意志。

写这样的长信给你，我的确感到些微的吃力，因为你和海洋，都是最伟大的倾听者，我的航程，却说也说不尽……

6

我走在台北的街道上，穿过大厦的阴影，在都市五彩的夜里，想到船是另一种形态的都市、一种密闭封锁的试管社会；想到我的兄弟们仍在海上，他们用纠结的臂肌牵引着粗大的缆绳，用坚强的意志把持木质的舵柄；他们在寒冷的甲板上顶着狂风，坐镇炮位；在酷热的舱底，一身油污地操纵轮机。当他们望向白天的海洋，海平线在水兵的瞳孔中，永远是一道最不安的直线，跷跷板似的向两端摆荡不止。

在海上的时候，我对于海洋的惊叹，就像是一只只的白鲸，以优美的姿势，自怀中滑落无垠的蓝色宇宙里。穿上厚重的防寒夹克，站在舰桥的外围，戴着黑色断指手套的双手紧握围栏，我的视线自黑色的帽檐下透过墨镜投向远方，看着海峡蔚蓝的浪花，吞吐着每一个崭新的早晨。

旭日自海面露脸以前，曙光已擦亮了海平线，把拥抱成同一种黑色的海与天，清脆地掰开。在靓空中不断变幻色彩的积云，以及在海面上继续拥戴着光的羽翼，向八方旅行的波峰，将大自然的意志自暗夜的斗篷中释放出来，整个世界在金色和橙色的氛围间苏醒。

正视着浮现的太阳，我遗忘了寒冷，甚至遗忘了船和自我的存在，耳际波波的浪涛，仿佛是承袭自云顶的仙乐。海的力量是不可抗拒的，她规律的呼吸，将我胸坎刷洗得透明，想到了故人李磐爱说佛经里阿修罗的故事——

他们穿梭于四天下，采撷各种鲜丽的花朵，要酿花酒于海，结果当然是失败了，海依旧是海，没有变成甘醇的酥酒。我很喜悦阿修罗的天真，能够实践自己的憧憬，即使失败，那无穷的怅恨中，总隐藏着一丝诡异的满足吧。

7

　　我进入一辆计程车的后座，整条路都被僵滞的车阵填满，不管路口是红灯还是绿灯，车子依旧无法前进。只有引擎的震动，悄悄穿过座椅，按摩着我的背脊；司机再度点上一根香烟，象征着无言的抗议。此刻我的心智又回到了海上，回到了我在船上的窄小房间，海摇着船，轮机吼着我的耳……我在海上的兄弟们，正飘浮在阿修罗掷下的花朵间；而我的心中，正携带着整个海洋的重量。

1986 年 8 月 2 日《新生报》

1986 年 8 月 18 日"中央日报"国际版

1986 年 9 月 15 日《世界日报》

城

1

让我们一道返回灿烂无比的都市，用不眠的意志以及红肿的爱来武装被黑暗腐蚀的夜。我们共同吹着笛，将失落在上一个世纪的孩童们还给这座老化的碑林，用他们的跫音擦醒蒙尘的、和天堂最接近的岛屿。

2

这个世界中的子民，若非相互拥有足以压沉一枚肺的误解，便是不相干到底。尝试去了解对方语言与发音后的真意成为一种奢侈而吃力的游戏；成为一个倾听者的难处在于我们缺乏保持专心的习惯；从小我们被教育宠坏了，总有那么多背负着义务和家计的老师，按照钟声轮番摆饰在教室的前端，吐出一些特别抽象的低解度语言，以过于平实的发音，并且向我们祈求一连串已经决定的答案……
R，你也应该开始习惯我谈话的方式了。

3

在心里对厌恶的人和事重复进行一场纸上杀戮，R，我
相信这就是除了读晨报以外你个人在早上所能独立办到的
一切，虽然这种人生欠缺说服力。

4

欲望是这个时代的主题吗？告诉我，R。

5

每一个都市都有一道黑色的心跳波纹，叫作物价指数，
以跳跃的步伐爬上山坡。

在另一场所有的都市都被迫参加的末日游戏，灭亡指
数却被人类忽略了，不过事实上它是存在的。存在？存在又
何妨呢，我们应该感到幸福，至少我们的这一秒是绝对安全
的，而且拥有全部的昨天，那本别名历史、强调"真实"的
相簿。

6

不要嘲弄孩子们看似善良的瞳孔，或者替他们的眼神做下轻率、想当然的判断。是的，你在他们目光中找到近乎纯洁的愚骏，但是，我亲爱的R，他们同时在内心中洞悉你充满造作的无知。

孩子们的嘴里常常吐出一根针，刺穿每一件复杂的事物，而且越复杂，越轻易毁败在他们思考的简单之下。其实，世界上的矛盾和离奇全部肇端于成人的主观幻觉；复杂特别是一种经常被误为成熟的病态……攻击"异端"的言辞，正是掩饰自己无知的一块抹布。

7

上帝在都市里，就像草原上的一头鲸鱼。

8

穿越街道的灵车是都市里的流云；横过都市的流云是天上的灵车。

9

老了以后，开始对所有的声音和颜色感到饥渴和贪婪，习惯性地接受访客那本质冰冷的问候，并且试图永远保存一罐蜂蜜和一匙记忆，然而记忆和蜂蜜一样会被蚂蚁偷吃、被大气腐蚀。老人拨弄自己的生命如同拨弄笼中的老鼠；捕鼠笼中的老鼠在死亡来临以前，通常不曾放弃挣扎与冲撞。

老人自个儿玩桥牌，好牌不来便私下作弊，慢慢地他已明了，这是自己人生里最后能够把握的游戏方式。

10

祖母整天折着纸青蛙，一只，一只，每一个折痕都仔细地用食指压平，各种不同质料、色泽的纸张到了她手里，都整整齐齐裁成一样大小的方块，折成一样大小的纸蛙。一时见方的纸蛙满满地盛在各种纸盒与圆桶里，一只接着一只，一样的尺寸，一样的安静。

有一天我在路上看到一只青蛙跳过，不禁讶异地喊道："啊，一只寂寞。"

11

R，没有死亡我们便不需要哲学和历史，更遑论诗。我们都是堕落的神祇，永生便会永远堕落。

12

亿万年后，许多光年外的金属生命终于来到地球，他们的钢臂在水泥废墟中挖掘出一辆宾士，并且用他们的电子回路推断它是这颗惑星中已发现的最早生命。

13

神的爱有很多种，最重要也是最伟大的一种，便是纵容撒旦。

14

电视上的英雄们能够在下一集里继续活命，都是因为恶徒们不够仁慈，不想让他们便宜地死，所以英雄们有充分的余裕在火车压来前把绳索咬断，或是在最后一刻挣脱铁链，把鳄鱼一拳打成鳄鱼皮包。现实里的恶徒却总是让我们的英雄便宜地死去，他们不会用枪抵住英雄们的脊骨，然后命令他们进入散布瓦斯的房间；恶徒们会直截了当地扣下扳机。

15

葬礼总使我不安，因为有些变化正在黑色或者白色的丧服下面慢慢酝酿、发展、腐蚀……一颗种子，它的基因不仅是悲哀，还可能含有贪婪、争夺、分裂和毁灭，早已经在主角生前深深埋入每一个亲属的心中了，如今在死亡的灌溉下开始——抽芽、茁壮。

16

快乐是一种链球菌，一个月累积下来，足够弄死一头公牛。而忧伤呢，只要半个小时就够了。噢，对了，还没有将办公室的电话留给你：7511851，下午我在的机会比较多。

17

每一个人的爱情都是特例，而且每一桩都是。在大厦里、高架桥下以及纵贯快车中发生的爱情尤其是。

这些特例特别的程度，往往连当事人双方都无法获得任何接近真实的诠释；而且，逝去的爱情会在自己生命中的每一个断代产生不同的影响和结论。

18

当年封龙山三老——元好问、李治和张德辉——到和林北觐忽必烈，向宇宙中最荣显的大汗献上"儒教大宗师"的尊号，史书上记载："王悦而受之"。封龙山三老真好比基督教中朝拜圣婴的东方三贤人。

因此我们可以肯定，为了一时保存某些事物或者理想，我们必须装成背叛它们，虽然这种背叛有其永恒性。

19

和林，这紫色高原上的都市，当年成吉思汗的爱土，窝阔台建立大宫殿的所在，一度易名库伦，现在叫作乌兰巴托，意指"红色英雄城"。

1219 年西征的蹄印已沉沦在地心的中央。

20

记得安部的小说《箱男》吗?

箱子里的男子是现代文明人类的袖珍缩影。

环境的制约就是那只看似单纯的立方体，在它中空的腹部，五个平面上的涂鸦不仅无法填满，而且有一种涂鸦的本身就是留白，这就是现代人生最令人不寒而栗的部分；我们生命的真相也不过是留白上的签名罢了。

在现代，各种神像都逐渐沉入地平线下，真相的数目则与发展中的线索一般多元；是的，多元的、复合重叠的

所有真相，客观地存在于同一事件的每一个当事人，他们
独自拥有的箱子里。

我现在的主题是文明；文明永恒的主题是无数现在的
我（而永恒是没有主题的，你知道吗，R）。

21

在一个非常道德的夜晚，上帝把幸运交给即将进入宋
朝汴京（今开封）的金将粘罕和斡离不；在一个非常不道
德的早晨，上帝把幸运转卖给即将进入金朝南京（今开封）
的元将速不台。

或者，上帝是超越道德的。

22

丢弃黑色和黑白混合而成的灰色吧，这世界没有任何
事物是黑色或者灰色的。高更这样说。但是，我在他画作
的彩色表面下，只发现大溪地黑色的本质，以及那些裸女
灰色的个性。

23

我和你一样，有搜集地图的习惯，也有瞪着地图发愣

的习惯。

解读地图是一种乐趣，比较线条和现实的差异却是一种危险，因为那么庞大的都市只是一个黑色的圆圈，那么宽阔的河流只是一条蓝色的线条，这会使人陷入深深的困惑，不仅是你啊，R，连我也是。

工匠绘制地图的能力愈强，现实疆界的争执也愈大，而且纸上的野心太容易实现了，这使得人类变得自大而可怕。是的，你如果没有一张地图，多少会顾忌前方的森林几分，因为你不晓得后面还有些什么。

……什么，你要小秋的电话？不要告诉他是我给的，OK？034-705307；是的，最后三码是3、0、7。

24

所以，都市是紫色的。在下一个雨夜来临时，对灯光敏感的我将继续聆听，对面大厦里教授女儿反复弹奏的《黑键练习曲》。

1986 年 12 月 24 日 "中央日报" 国际版

舞

我凝视着他们的旋舞。

华尔兹的节奏就像是一朵朵失根的荷花在池面飘旋。

女郎晚礼服上粉红色的薄纱缀着晶莹的假钻，她脸庞上的欢笑和那些廉价的假钻一样虚伪。她的舞伴穿着纯白的燕尾服，旋转的时候，沾染尘埃的衣摆轻浮地晃荡。

我总是看不清楚那个男人的表情，直到他们的舞步逐渐迟滞，轻快的华尔兹音调开始拖曳，转变成遥远、断续而不真切的啜泣。

音乐盒停止转动的时候，华尔兹的旋律终止，他们也停顿在最后的位置上。

男偶的表情仍然是暧昧的，半似庄严、半似戏谑地望向女郎的脸庞；他那紧抿的嘴唇如同含住了什么话，欲吐未吐。当发条松解了以后，他正后悔没能够及时开口；但是一旦上紧了发条，优雅中带着刚健的音符充满精力地跳出簧片时，他又感到丝毫也不急了，架着女郎僵直的腰，循着固定的轨迹，一圈又一圈地舞蹈起来。

我凝视着他们僵持的姿势，感到一丝淡淡的哀愁。

在精巧的音乐盒内部，那滚筒式的排键拨动着纤细的簧片，周而复始；在炫丽的音乐盒外部，男与女维持着相同的姿势、相同的表情、相同的欲望，他们对于自己的宿命是不是也维持着相同的诅咒？

2

站在贩卖音乐盒的展示架前，那些各自旋舞的人偶踏入我的瞳孔中。我的目光是冰冷的，竟然不知不觉装扮起神一般的角色；其实，涉身现实的舞池，我总是感觉到四肢粗拙、颈项僵硬，好比一只慌乱的蜘蛛跌落水面。

笼罩在那些狂嚣的热门音乐下，我多半静静地蛰伏在黑暗的角落，望着舞池上变幻的色泽，急速明灭的灯光将场中尽情舞蹈的人们切割成一块块的肢体，连续的动作在黑暗与光明的交替下成为断断续续的视觉残像。

当我自己也进入那狂热的群众里，看到自己的肢体被光线捉弄、自己的肌肤被涂染上奇异的霓彩，就有一种逃脱的欲望。但是，在音乐停止以前，我已经迷失在舞池上无数杂沓的脚印之间。

巨大的孤独向我倾倒而下。光线依旧变幻莫名，音乐依旧震耳欲聋，闪过眼前的不同脸庞依旧映现着一模一样的狂热，我却成为一枚悬空的针，一枚只能刺痛自己的针。

3

拥有耐心的朋友总会带着我练习最基本的步伐。有过几次经验之后，当灯光暗下，节奏舒缓的蓝调音乐幽然播出，我可以鼓起勇气，牵引舞伴，感受靴底磨蹭在平滑的地板上的骚响，试图体会男性舞者在一支舞中的地位。

我一贯紧张于交际舞的正式场合，轻托着舞伴背脊的手掌很快就渗出一层冷汗，所有的心神凝聚在自己的舞步以及移动的方向。生涩、疏于练习以及对于人群的手足无措，我必须克服这些不足为训的理由，在不意识它们的情况下克服它们，开始从容面对我的舞伴。

激烈的热舞，往往使得人们在短暂的乐曲中脱离了现实，随着强烈的节奏将四肢与意识尽情舒放，那是另一种集体歇斯底里症。

墨守成规的交际舞却常是现实的一部分，一对一的游戏，从素未谋面的新舞伴到感情深挚的老搭档，那是一种可以自礼貌延伸到情感的面貌、可以自娱乐延伸到生命象征的仪式。

我相信探戈是一种最能隐喻某种两性文化的双人舞，一切搔首弄姿的肢体语言都驾驭在舞者那心手相印的默契之下，只有强而有力的男性意志才能引导那些烦琐的动作，也只有敏锐而善解人意的女性心灵才能若合符节。

探戈的节奏带着一股奇异的紧张感。干净利落的走步、遽然回首的作态、停格的神情、滑翔的冷漠、夸张的手势、稳健的臂弯，搭配无间的舞者是一对闪烁着冷焰的烛台。

4

每一种交际舞都有它的文化特质，放置在不同的领域中呈现了不同的变貌。菲律宾的交际舞步和台北比较起来就有"南拳北腿"的异趣，动作的柔软度受到更大的强调。

在巴西的里约热内卢，我和当地的华裔朋友坐在夜总会闲扯着无聊的话题，一群舞女在我们"商人究竟有没有祖国意识"的争辩间涌现台前。

她们的身体如同化入音乐一般的柔软，南半球的女性比起赤道附近的棕色女性似乎更具备演艺上的天分。我的朋友点燃一根熏香的古巴雪茄，幽幽说："这是个野性和文明纠缠难分的世界。"

穿着埃及女奴的装扮，她们撩拨半透明的面纱，艳红的指尖，蓝眼线下晶亮的瞳孔逸散出职业性的魅惑。在拉丁乐队的伴奏下，她们狂恣的舞蹈穿梭在顾客中间。

我专注地看着那水蛇般灵活的舞姿，毫无欲念却感受到一种文化上的冲击，这冲击也许不是来自东方与西方或者南半球与北半球，而是交缠在她们舞步中那对立的生命与死亡。

她们尽管穿着鲜丽的舞衣，其实却是赤裸的，赤裸地呈现出她们萎缩的灵魂。因为她们不是为自我也不是为钟情的爱人而舞。她们七彩的腰带飘舞在那些胖男人的视线中，我却仿佛看到了死亡在音乐之外寂寂梭巡。

空洞的欲望、虚饰的笑容共同包藏着寂寞的化石。没有情感的舞蹈就像是死亡本身的幻象，寄托在她们活生生的舞动之上。

5

我相信自己永远也学不好舞蹈，我只想能够以拙稚的舞步更自然地跻身群众之中，但是这比舞蹈还要难学。因为这些不足为外人道的困顿，使得我对于舞蹈的兴趣更高了；就像一粒沙，当它停滞在脚底和柔软的鞋垫之间，便会如同一颗陨石般引起你的注意。

人类能够将求偶和劳动的姿态转化为各种形式的舞蹈，这是文明的伟大。对于职业舞者而言，能够从街头卖艺的技能发展到现代舞的艺术境界，则是另一次跃升。在中东国家观看伊斯兰氛围下的传统肚皮舞，可以感受到技能如何结合在肉体上的趣味；但是在玛莎·葛莱姆的演出中，观众和舞者之间存在着灵魂上的对话关系。

不论是双人舞、古典芭蕾或者现代舞，对于一场成功的演出而言，"舞者"和"舞蹈"是难以区分的。在舞者移动肢体之前，没有舞蹈；在舞蹈开始之后，才能证明舞者的存在。

这正是舞蹈的魅力，奇异地和生命、和爱欲拥有一些共通的本质。或者，应该这样说，舞蹈原本就是生命和爱欲的化身。

那么，还该有一种无以名之的舞蹈吧：在一切约定俗成的舞步之外，在第一座音乐盒被完成之前就已经存在了。那是人类内在的一种生命激情，孤独的时候，自由自在开展肢体，奔向月光的自然身姿。

太初有舞。

1993 年 9 月 12 日《中华日报》

卷九

飞　航

行　踪

0

那女子已失去了踪影。

1

我无意识地漫步街头。有一点干扰发生，我低头看，是半张报纸夹入我前进中的脚步，借着商店发出的寒调灯光，有一则小小的标题刺入我的瞳仁："失踪女子已达五十八人"。

我费力在被揉皱的纸面读着："【台北讯】刑事警察局侦一组因侦办淡水河畔分尸案而受理登记的失踪女子案件，昨日继续增加，截至昨晚为止已累积到五十八件，但迄未证实有分尸案的死者在内……"

没有日期，我随手扔去了，抬头看见前面有栋白色的大厦。

2

人是一滴水，滴入人海就被吞没了。

如果你不得不摊开广告版，或者已经看透了其他版面，而试着排遣无聊，那么一定会被密密麻麻的版面搅乱视线。不过总有好些模糊的照片会紧紧地掌握住读者好奇的心态呢。

"寻人"，黑底白字的专栏标题透露出危机和焦虑的讯息，启事中的人像都具备着不甚清晰的五官，即使配合了不同的文字叙述，看着看着，所有的脸都像了起来。把他们的五官用相同的比例投影叠合，又能造出一张什么样的面容？

行方不明的朋友们隐没在大都会的断层里，正似人类的个性被掩埋在文明的洪流下一般。在这个行方不明的时代，每一个人是否多少有些行方不明的感受和欲念？绝大部分不明飞行物体（所谓 UFO）的出现，可能只是人类失衡心态下的一种镜射现象吧。

找人是十分困难；但是如果肯下些小功夫，让别人在世上消失的不道德方法实在太多太多了，推理小说中除了

"不在场证明""密室机关"……种种花巧之外，还有一派专以如何蒸发被害人为主题。站在不断击打桌面的拍卖摊位前，对着摆出来的金色手表喊个低得不太恰当的价钱，挂着麦克风的男人或许就会粗鲁地掷给你一本"此道大全"（不过最近都发扑克牌，我已经宽裕到每换庄家都开用新牌的程度）。人类为了互残，连核爆这种恒星的秘密都能自上帝的掌中弄到手。

但是想让自己活着失踪又岂是易事，只要活动在这颗地球上的文明地区，走到哪里都要 ID 和护照。

我们在人间扮演着各种角色，以不同的身份出现在不同的场合，有着不同的作为和行动；同时也有着不同隶属的资料处理系统默默地以冷眼记录一切。而且，随着科技的进步（进步本身就是人类一项根本性的威胁），这些记录的分类愈来愈细腻，资料库的胃口也愈来愈大。任何人都可能不幸地成为某场经济落磐下的伤亡人口之一，也同时成为数据中的一个统计单位。

就个人而言，人人皆背着履历这个伴随岁月而增加体积和质量的螺壳，在生命道路上沉重前进。记录，不论是真是假，出于公正或出于偏颇，完全左右着每一个人的生命。

做过一个梦：自己夹杂在一行鱼贯移动的队伍中，我看着前头的人们，一个个依次被采取指纹。轮到自己时，感到一抹异常的惊疑袭上心头，我的手被抓着压向模板，那双宽厚的手掌是如此强劲而使我无法挣扎，刹那间我察觉那个执事者的脸上覆盖帽钉式的铁色装甲面罩。一眨眼，他的脸又恢复了一个中年男子平凡的面相，露出金牙向我微笑。仅仅二分之一秒，曾经专属于自己的指纹拓印已经深深焊入记录，代表着我的指纹就是这样地脱离肉体、贴附在资料卡片之上；卡片立刻归档，我却感到强烈的虚脱……

天外，种种不明国籍的人造卫星周而复始地在同温层外扫描我们所站立的时空。把镜头所摄取的软片冲印放大，可以发现某某市街上有许多黄肤的脸正不约而同地眺望天空，也许当时正是中秋日的黄昏，送礼和返家途中的寻常百姓们迫不及待地抬头，想象今夜的圆满，却丝毫没有顾及正和另一种资料的月球奥妙地相视。

3

我无意识踏入那座大楼的入口，戴着黑色粗框眼镜的老管理员不经意地斜睨我一眼，思考了半晌，大概认为我一派闲适熟悉的模样，一定是哪个不常回家的居民吧，他又默默地把头放低。这时我已进入电梯，挑着最上头的白钮，注明着14FR的那粒按下。

　　门启，我经过一小段楼梯，通过另一扇半敞的铁门，让自己暴露在露天的空气中，有点冷，我吐着白烟，看见一袭白衣立在楼顶边缘的矮墙前。

　　我安静地走过去。双掌轻轻地贴触湿冷的墙，上面一片毛茸茸的，我猜是绿色的苔藓。

　　"你会不会突然想脱离自己的姓名、指纹和脸？"

　　我痴傻地问着十四楼顶的陌生女子，她只是嗤笑不语，继续吸吮着露在白色肩带外的上臂，肤面已经布满赭色的瘀瘢。我装着不在意，走到三数人高的水塔前，吭喝着攀上铁梯。

　　我费尽力量，拉起沉重的铁盖，喘吁吁地看下，只见黝黑一片，月光割在水面显现出银色流逝的锋刃。

　　我望回矮墙，那女子已失去了踪影。

1985 年 2 月 15 日《联合报》

飞　航

1

　　小说中的那架飞机就要坠毁了，唯一知道这个秘密的除了那位脸色惨白的海莱恩先生之外就只有你了，因为你几乎是最后一个清醒的乘客，在脑海里模拟着海莱恩先生的经历。他看见一个奇异而丑陋的小人黏附在机翼的下方，朝向他咧开一口洁亮的白牙……

2

　　每架飞机都拥有一个独特的空间，拥有复杂气味的独特空间。当它离陆之后，这个封闭的空间就脱离了现实，脱离了你在日常践踏的世界。

　　在拔升的过程中，机场的环境在窗口加速度飞掠而过，接着跑道与风景遽然掀揭而起，巨大的建筑陷落在不断缩小比例的鸟瞰地图里，聚落、山丘、河川、田野逐渐被云层遮蔽。

"请系好安全带"的指示灯灭时，一架波音747或767已经巡弋在三万六七千呎的高空。起飞前，空姐忙着示范如何使用失压时垂落到乘客面前的小面罩，例行公事还包括救生衣着装和膨胀的正确程序；起飞后，她们开始准备饮料，在狭窄的通道间扭动结实的臀部推动餐车。机长报告行程的腔调有种沉稳的气息，像是掺入了镇定剂的乳白色粉末，使得你重新意识到自己正置身在一架安全的航空器中，拥有正确的目标以及不需要动用到救生衣的期待。

3

你必须相信自己是安全的，这点非常重要。空难和劫机事件看似如此频繁，你昨天才在晚报上读到一架DC-10坠落在利比亚，今天登机前在候机室的电视荧幕上又看到劫机者被押送的画面。但是这些资讯完全不足为虑，1993全年度靠着肥皂和熟鸡蛋暗自搭机抵台的同胞，男女老幼加起来，总数还不足二十个，比起循海路偷渡上岸的人口数字根本不成比例；再说到空难，和全球时刻发生、层出不穷的致命车祸相较，发生的概率可小得多了。此所以大大小小的空难，无论发生在地表任何角落，也无论过程与结果如何荒诞滑稽（例如把乌鸦卷进涡轮而导致坠毁，或者起飞时滑落在水面上……），都具备一定的新闻价值；反过来说，谁会去报道蒙古高原上骆驼和丰田汽车相撞的惊险场面？

4

　　记得有谁说过，一个飞机驾驶员每年领到十万美元上下的薪资，只有一个简单的理由：航空公司很清楚，在大部分驾驶员的航行生涯中有三四十秒时间可能是关键时刻，这份高薪是为了关键时刻终于来临时，驾驶员必须睿智而镇定。

　　你必须相信那隐藏在操纵室中的机长，他永远是最早知悉真相的人。在一阵突然爆发的机身震荡导致你胃中的飞机餐和威士忌加速发酵后，机长会在扩音设备中宣布一个令人安心的答案：这是一个乱流，这是机尾发动机爆炸的影响，这是一次暂时而不必要担忧的故障。

　　除非，你听到的是一个非常陌生的解释。机长在广播中说，我们的液压系统有些失灵。这架飞机是一架录音机吗？你想到用右手食指按开卡式录音机液压闸门的触感，你记得那是柏油滑落水面的震颤，但是你一定没有想到飞机的液压系统失灵到底意味着什么？这意味着强作镇定的机长以及他身边的副驾驶与机师都不再能控制飞机的方向舵、升降装置、机翼阻力板、副翼等等配件；换句话说，你乘坐的飞机即将成为报纸上的新闻主题。

5

你相信有些人真正是乐天的，或者他们具有天赋的睡眠本能，他们沉沉睡去，即使在坠机前最紧张的时刻，也保持着匀称的鼾声，他们汇聚成独特的和声，与机体本身规律的嗡嗡音响互相呼应。

睡眠的乘客，在三万六七千呎的高空，比起睁大眼珠的乘客更具备生命力，因为他们超越了狭窄的舱身，纵身在幽玄的梦空间里。

睁大眼珠的乘客必须把高空中的金属机身当作唯一的现实，特别是在长程国际航线的旅途间。你时常面对着一大群植物般的昏睡者，又无法窥探他们的梦境；你逐渐了解如何挑选座位，如何在漫漫的孤绝时空里找到一个拒绝清醒的角落。

举个例子来说，国泰波音 747-300 型班机的 30~33ABC 这些个位子是完全偏离荧幕的，坐进这几个位子，你无论如何转动身体的姿势都无法看见闭路电视上的梅尔·吉布森或者凯文·科斯特纳，你只好睁着眼翻阅登机前在免税商店买来的恐怖小说。

《飞机坠毁前五十九分钟》，类似这样的标题和这样的内容，恰好展布在眼前。你觉得有些好笑，耐着性子读下去，而且尽量放慢速度，像孩子珍惜一支甜筒，在舱位中，你感觉和世界脱离了联系，表面的时针和分针仍然在移动，但是你和你的飞机正在穿越不同的时区，失效的表面时间被遗留在登机前看不见的靴印上，你活在一个时空混淆如同果酱般的金属皮包中，和它一起滑动在地图上虚构的航空路线上。

小说中的那架飞机只剩下三十五分钟就要坠毁了，唯一知道这个秘密的除了那位脸色惨白的海莱恩先生之外就只有你了，因为你几乎是最后一个清醒的乘客，在脑海里模拟着海莱恩先生的经历。他看见一个奇异而丑陋的小人黏附在机翼的下方，朝向他咧开一口洁亮的白牙。

你和海莱恩先生一样，活在一个拙劣的恐怖小说里，因为一个奇异而丑陋并且滑稽的小人正在啃食机翼而感到不安，你无法警告机长，空中小姐不相信你的鬼话，因为她的视力和她的脸蛋儿一样处于现役阶段。

在三万多呎的高空中，想象中那无聊的小人其实在啃食你的心，看不见的海洋和陆块朝向地心引力的源头不断陷落。窗外的黑夜是无边无际的巨大口袋，把你的脸贴紧窗口，让机翼上的那个小人看看你被玻璃压挤出来的鬼脸。

然而你什么也看不到，一层层立体的黑色物质彼此重叠、吸收，你看不到你只能隔着玻璃感受它们的流动与挣扎。金属壳外的气流像墨汁般浇淋在你的心头，引擎规律地震动，邻座的鼾声像是一丛丛在海底游离伸展的海带，你调整着头顶上的冷气孔，重复着书中海莱恩先生的强迫性动作。你想伸展肢体，不过你沉睡的邻座是位巨大的白种肥佬，他臃肿的肉身像是填塞牙洞的金属黏土一般紧紧地塞入他的座位和你的呼吸道。你想大叫，不过你和海莱恩先生一样缺乏勇气，有过剩的智慧却无法挽救自己。

6

波音 747-400 型飞机和波音 747-300 型飞机有何不同呢？前者采用劳斯莱斯 RB211-524H 型引擎，起飞静止推力六万零六百磅，满载乘客续航力一万三千四百五十千米，典型巡航速度约九百千米。后者采用劳斯莱斯 RB211-524C2 型引擎，起飞静止推力五万一千五百磅，满载乘客续航力一万两千四百千米，典型巡航速度约八百九十千米。

7

没有一个乘客会记忆这些数据，他们甚至没有资讯来源，他们只对彩色的免税商品购买指南和飞机杂志上的广告感到短暂的兴趣：伊奥尼亚式大理石柱上的鹿标苏格兰十八年威士忌，非常 X.O 的男人站在盛装女人们的眼神前方矜持地捧着半杯轩尼诗，两个牛仔正蹲踞在荒野中吸食万宝路，SEIKO GETS A LITTLE INSPIRATION FROM NATURE（精工以自然为灵感），"至上。カミコ X.O スペリア（最佳。卡慕扁瓶 X.O）""献给自己创造生活规则的男人的信用卡"，海莱恩先生合起他手上的杂志，他努力强迫自己不要望向窗外，但是黎明的云彩正将斑斓的光影反射在他抽搐的面颊上。

你还在阅读着你手中的小说，又翻过一页，眼皮有些干涩。甬道两侧的地毯上散逸着人们遗落的梦尘。空姐们开始自厨房中推出餐车，你听到她们无声的脚步带着一股慵懒的味道，她们僵滞的微笑是开腻的花朵，花瓣上的颜料如同褪色的塑料。

离飞机坠毁的时间只剩下九分钟了，海莱恩先生知道这个秘密，他必须做些什么，他告诉他自己，也告诉你。

只剩下九分钟，你的手心渗出汗珠，而海莱恩先生猛然站了起来，他不再忍受这种残酷的折磨，他冲到甬道上，面对空荡荡没有一个乘客的大机舱，打破沉默大吼出声：

"飞机就要坠毁了！"

1994 年 2 月 18 日《中时晚报》

幻戏记

1

我正走在巷道的迷阵里。

刚刚我才至这个区域边缘的一栋大厦顶楼上仔细地观察过地形，一圈圈渐层向假想中点陷落的建筑，周沿被一连串的现代化巨厦密密包裹起来，当中全部是六十年代以前的矮旧楼房、日式平房以及贴满浪板的砖屋，各种错杂的颜色与材料一格格填满向中央低陷的平面；狭长而曲折的小径与巷道，有如铅灰色的笔迹，沿着有棱角的螺线，在这张带点神秘的现代画面上，单调、冰冷而不厌其烦地隔开更小的区域，令我想到"波普艺术"的细腻和残酷。

我的确正失陷在这巷道的迷阵之内，脑中那帧鸟瞰图不但发挥不了效果，甚至开始背叛我，缓缓变形、扭曲，和这些如此真实的巷道共同谋杀了我的方向感。

突然我想起出土的巴比伦黏土板，上头雕镂着涡旋状的迷阵，据说那些盘回的线条代表某种动物的内脏；此时我不是也逡巡在都市的内脏里头？迷阵，自古以来就意味着死与复活双重的象征。

2

我是忒修斯吗？不过我所面临的不是牛首人身的米诺陶，而且我也忘了携带线球。

我开始后悔答应 H 去捉一只黑猫。巷道十分狭窄，有时只要张开双臂就可以同时触及两旁的墙和窗棂，有时根本得侧身通过灰暗而湿冷的甬道，然而只有在这种区域才能找到 H 所要求的、那种真正有野性的无主黑猫；这里有足够的垃圾和隙缝供应它孤独地生存，并且调理自己发亮的绒毛。

我继续容忍许多隐藏在房子里的各种目光。一个神情苍老憔悴的少妇微张着干燥的唇，仿佛正在吸吮一碗汤面，丰满的身躯蜷成一团肉球，圆润的体态和脸孔一点也搭配不起来；她抱紧婴儿有些儿茫然地注视着我。经过她所蹲踞的门槛，我有种被针刺入回归性咽喉神经的痛感；更多这种眼神埋伏两侧，以及我将踏过的任何水泥路面左右。我发觉自己在这块土地上是个真正的异类，即令我已换穿上裂开皮底的凉鞋，并且套上一件不起眼的黄色夹克，但是这些刻意的伪装完全禁不起考验；其实根本谈不上考验，任何长期生活此间的居民不用看我的脸，只消用耳朵倾听我的脚步，或者，只用嗅的，就能够察觉我的陌生的身份。可笑的是，我曾经愚蠢地向 H 尖声宣称这个都市是我的故乡。

　　一个陌生男子沉默地穿梭在陌生的网络里，走到哪里都有阵阵狗吠预告着，常常因为迷途而重复地通过一面铁窗、一扇原木色泽的旧门板，或是一道斑驳、吸附着砖红色歪斜涂鸦的矮墙。在整个搜寻黑猫的过程中，我一再担心自己会永远地迷失在这卷没有尽头的地图里。

3

　　我有一份自己手绘的都市地图，这个地区几乎占满一大格的空间，坐标 E7。直到刚才为止，本区仍注明着一行铅笔字迹：terra incognita。现在我掏出这张被口袋弄皱而且沾满体温的草稿，靠在细石子墙面涂去这行小字，线条不自然地抖动，留下一些空隙。terra incognita：不明区域。这是我从一部十九世纪欧洲出版的缮本地图上读到的拉丁字眼，线条优美地枕卧在周沿布满虚线的南极冰原中央；更早的时代，撒哈拉沙漠以南也标上这个鲜艳的名词，而且

incognita 的字尾同样使用阴性的 a，没有采取阳性的 o，联想看看吧：一个像南极的妻子或是如同撒哈拉般的母亲；不过，不明区域给予文明人类的好奇确实不减于一个包裹面纱的闪族美女，虽然好奇足以令猫致命。

二十世纪末叶，不明区域的神话业已完全销声匿迹，全世界的每一寸土地都被详细地勘察、测量。不明区域果真完全销声匿迹了？不，并没有，不明区域是一种绝症、一种不死的恶魔，它已经以另一种面貌出现人间。人类投下无数财产和冒险家、宗教家的生命，好不容易在广邈的沙漠和冰原上涂去这条注脚，回头却发觉，不明区域竟然又出现在我们最熟悉的都市里头，并且超越地理，深及心理的层面。

这块区域浓缩了都市发展历史中的各种建筑形态，随时可以见到各个年代的抽样；如果把建筑比喻作碑石，那么在此可以找到任何时期的碑石。

走在小径中，才发觉并不如自己想象的一般，能够倚靠远方的几栋玻璃帷幕大厦指引方位。视野一方面被局促的墙壁所限制，又有许多低矮的公寓向我迫近，完全遮挡住那些大厦的影像。

途中看到不少长得像灌木丛的花猫，丝毫没有猫应该具备的敏感，反倒有如它们那些猫科的亲戚——莽原上懒散的狮公狮母，病恹恹地眨着眼，黏糊糊的眼屎仍然没有摔落下来的意思，偶尔，偶尔才把上下颌骨张开一百三十五度，打个短暂的呵欠。花猫们，在无数世代的混血之后，都长成一个模样，有的躺在摩托车乌黑的腹部下方，有的和竹篓一道堆缩于墙角；我想就是拿把剪刀，当面剪去它们的胡须，也不会引起过度的反应，顶多用左前趾搔搔面颊；另一种可能是：用右爪飞快抓在我的脸上，而且我蹲踞的姿势会使自己来不及躲开。

我没有携带剪刀，也没有停止前进；几只虎斑猫从这个屋顶迅速蹿向另一个屋顶，但是我还是没有找到 H 所需要的黑猫。

它们寄住在这个区域？应该说这个区域被拥有完整自尊心的猫群占据了，它们没有组织、独来独往、吃着猥琐的食物、民主（或者不懂独裁）、不喜被干涉而且不在乎任何人畜。

4

我依旧在巷道里兜着圈子，并且试着从门牌上的文字与号码探究出路的纹理。

一块陈旧、褪色的门牌，斜斜钉在门楣上方涂着黑色柏油的木板下端，可能已经有够长的年代，作为门牌的铁皮剥蚀着，犹如另一个世界的版图，上面勉强可以辨认出一个不完整的"7"；下两户不知是没有门牌，还是门牌被一串串晾干的衣物掩去。

我是个走路带着虚线的男子，踏过的柏油路面都留下一道永不磨灭的虚线，只要握住端点，就能把我从这个区域中拉扯出来，然而我的端点在哪里呢？

我侧身走进一条没有半块门牌的弄子，一个面容模糊的老妪相向走来，银灰色的头发擦过我的鼻尖。

5

不知什么时候开始，我不再因为都市夜空里找不到完整的星座而困扰了；我为都市的天空绘制全新的星座盘，创设全新的神话……

我弯身拾起一小截破碎的砖块，替矮屋们编上号码。1、2、3、4……我一边走，一边停下来，在灰色的壁面上画上砖红色的数字。

一个老人站在一面有着辐射性裂痕的玻璃窗后头，注视着我，他略一牵动嘴角，就压挤出满脸蠕动的皱纹，皱纹的线条透过玻璃的白色裂痕，散落在我移动中的肩膀。

我依旧在巷道里兜着圈子，并且试着从门牌上的文字和号码探究出路的纹理。

6

我开始觉得被什么东西蹑追着。

而且，夜渐渐降临了，我不晓得能不能向 H 交差。天空的猩红层层退去，留下深蓝的背景，窗户一格格亮起，整个区域忽然活转，住民们的集体意识膨胀着，溢流到暗灰色的路面上。

黑猫。

在前方。

它蹲踞在前方。

我小心翼翼地走近它，它不安地站起，显现挺直的脊骨，柔和却极为挺直的脊骨，不像那些患肠胃病的花猫有着凹陷的背部，或者因为血统不良造成的鲤背。

是的，这是 H 所需要的黑猫；看它铜褐色的瞳仁，正流露着没落贵族的神气。我缓缓蹲下，以起跑的姿势，和它以五步的空间对峙着。

透过眼神，我们仿佛互相汲取着灵魂，两个不同族类的生物。

在中世纪遥远的欧陆，僧侣集会在一起激烈地争辩一根针尖上究竟可以站立几个天使，六个，或者两打；这一刹那，黑猫与我，两者的灵魂确实可以并立在一支最小号的绣花针头上。在它的瞳仁里，映出了我潜意识中榛莽未启的原始，然而在我的双眸中，又照亮它内心深处的什么物质？我们肉体的距离瞬间拉拢，黑猫漆亮的毛皮温柔地抚擦我的裤脚，以我为圆心，它静静地环绕，犹如举行着神圣的仪式；当它停止在我的面前，我把手插入它温热的颔下抚摸着松软的毛皮。我双手擒住它的四肢，把黑猫搂入怀里，向着出路走去。

我步入一条较宽敞的巷道，宽得足够装下几杆点缀的路灯。一支路灯正眨着、眨着，和自己即将完全衰败的体能搏斗。我抬头，看见几栋帷幕大厦的棱线；几个补习回来的初中学生用好奇的目光看着我。走出巷口就是人车喧哗的马路了，走出巷口我就脱离这个仿佛有着魔力的区域了。这时黑猫忽然要挣离我的掌握，我的双手不由得使劲抓紧它的四肢，猫狂暴地号叫，并且张口咬住我的手背，剧痛导入我的大脑皮质，我狠心地把黑猫摔出，它在三四米外触地，几乎同时漂亮地翻身、飞腾、蹿入黑暗。

我按着麻辣的伤口，心中浮起山之口貘的句子：

飞上半空中

越过人群

穿过树梢

也越过月儿

甚至到了上帝座前

也不会摔坏的身轻的兽……

我有些儿茫然，而且被什么东西蹑追不舍的感觉再度强烈地浮现，我回头，发现一整行的黑猫正排列在我的背后，我猛然惊觉，我所留下的每一根虚线都已化作一只静卧的黑猫。

7

晌午，我静静地坐在竹凳上，H 悄悄地走到我的身后，仍然没有一点脚步声。我回身抚摸 H 白得发亮的毛皮：

"下次，下次一定替你找一只最好的黑猫。"

H 蓝色的猫眼对我展示着空洞的光芒。

1985 年 11 月《联合文学》

城市·迷宫·沉默

林燿德

城市

大陆的朋友喜欢戏称我是"多面手",听起来像是个马戏团的杂技表演者,当然我知道他们意在称赏和鼓励。

即使被溢美为"多面手",其实我自己最钟情的文类还是散文。生平获得的第一个文学奖是大二时参加的第二届全台学生文学奖(1982),项目是散文佳作,题名曰《都市的感动》。

都市是我开始写作时第一个倾心致力面对的客体。我将"都市"视为一个主题而不是一个背景;换句话说,我在观念和创作双方面所呈现的"都市"是一种精神产物而不是一个物理的地点。

八十年代那十年期间我屡次提出"都市文学"的概念，显然这个概念不是建立在"城市二元化"的粗糙思考之上；所以，我的关切面是都会生活形态与人文世界的辩证性。

"都市"即"当代"。

迷宫

"去他的，"将军叹气，"我如何走出这座迷宫？"

这是马尔克斯笔下拉丁美洲"解放者"西蒙·玻利瓦尔生前最后的一句话。1989年马尔克斯沾沾自喜的历史小说《迷宫中的将军》出版后，他答复访问者那部书仍然是小说而不是"小说性的历史"，尽管那个死前才发现自己身处迷宫中的玻利瓦尔是家喻户晓的历史人物。

玻利瓦尔发现的迷宫是整个十九世纪的殖民地世界，那是现实与文本交织而成的神奇地域，似乎指示着读者得回溯到整部小说的每一个细节里寻找玻利瓦尔在这座看不见的、既真且幻的迷宫中留下的足迹。

另一座令我感受深刻的迷宫出现在博尔赫斯笔下，在《小径分岔的花园》里第一人称叙述者是一个中国人，他的祖先崔朋弃绝宦途，花了十三年光阴写小说、造迷宫；有一阵子崔朋说："我隐居起来是为了写小说。"另一阵子他却说："我隐居起来是为了造迷宫。"所有的人都误会那是两桩事，没有人想到写小说和造迷宫是同一回事。

以《小径分岔的花园》为书名的短篇小说集出版于1941年，二十六年后约翰·巴思在《疲软的文章》这篇论文中谈到迷宫意象与博尔赫斯的关系；其实巴思也是个迷宫狂热者，1968年的《迷失在惊奇馆中》以游乐场中的惊奇馆作为创作空间的象征，惊奇馆在巴思这部后设小说中成为探讨创作者与世界关系的迷宫，小说中的少年主人翁被留置其中永远找不到出口。

当然，要谈西方现代文学中的迷宫形式和拥有迷宫癖的作者是可以写几部书的，连通俗小说家斯蒂芬·金也擅长使用迷宫来制造鬼魅玄奇的气氛，1980年改编自金的原著的电影《闪灵》就以旅店前的露天迷宫作为关键性的视觉意象。

一直上溯到希腊神话中克里特岛的迷宫，迷宫已经形成复杂的象征系统。自神话、史诗经中世纪文学、近世歌德式小说到二十世纪各种文学思考，西方世界的迷宫文化如同巨大的精神漩涡；迷宫并非西方世界的独特产物，中国人将迷宫的形式运用在墓穴、军事以及神秘学的实际用途上，从《封神榜》《七侠五义》到《蜀山剑侠传》里的"阵"是迷宫，秦始皇的地下陵寝是迷宫，紫微斗数的命盘也是迷宫。随着人类智识和技术的不断拓展，生命对宇宙的困惑也因而不断蔓延，其间所呈现的各种迷宫意识足以构成一座无与伦比、无限延伸、隐而不显的、与现实颉颃的"负空间"。

八十年代前期我写作一连串"都市笔记"时，逐渐浮现两个主要意象系统，其一是地图，其二是迷宫；它们既是公共意象，也融入我个人的色彩。在《幻戏记》（1985）中，第一句话就是"我正走在巷道的迷阵里"，当第一人称走在奇异的老旧社区中："我想起出土的巴比伦黏土板，上头雕镂着涡旋状的迷阵，据说那些盘回的线条代表某种动物的内脏；此时我不是也逡巡在都市的内脏里头？"因为"迷阵，自古以来就意味着死与复活双重的象征"。

迷阵即迷宫，博尔赫斯笔下崔朋的迷宫即是崔朋的小说，我的《迷宫零件》（1993）是小说、诗或者散文，也即是另一座迷宫，关键处仅是由我导游罢了；只不过导游者隐身其中，成为"零件"的一部分，那个消失的"我"是逃避者又是追索者。

如果说迷宫意象是反（界外的）秩序和反（表象的）现实的象征，并不意味着它所涵盖的领域排斥了现实和历史。当我进行历史小说《1947》的写作时，全面检索近半世纪前台湾政治、社会面的史料，我遇到意识形态的多元争执，也遇到笔调和语言的问题，更严重的是那些陈旧而彼此矛盾、互相控诉的记录和资料自动构筑出一座庞硕的迷宫，我深陷其中，几乎无法脱困，放弃这个题材。

　　我不晓得什么可以挽救今日的台湾，但是我约略知道什么是今日台湾域内还可以挽救的；其中至为重要的一项是创造力，正视当代的创造力，包含了丰富想象空间的创造力，对于过去、现在与未来都充满想象空间而使我们走出教条、走向世界的创造力。

　　走入迷宫，是为了走出迷宫。

沉默

　　散文的领域是非常宽阔的，过去以抒情美文为主体的观念，其实促使散文步向主题陈腐、文体因循的狭路上。

　　我想，自己一直是以"异端"的身份在进行散文创作；在《一座城市的身世》（1987）和《迷宫零件》这两部创作集中的文体，可以说，那是我对传统散文艺术定规的质疑以及对自己创作观的具体实践。套一句美国后现代学者伊哈布·哈桑的话说，"它表明，一种文化力图理解自己，发现自己在历史上的独特性"的努力。

　　不过，对于一个创作者而言，他必须学习宽容，相信他的作品在他的笔下终究没有完成，所有的读者都比他更有权力完成他的作品，包括了扭曲、误解，也包括了超乎作者想象的延展与"增殖"，这是一个阅读者的霸权时代。

　　所以，多年来我在散文创作的轨迹上，反而拥有一份豁达与开朗。对我而言，追求"经典化"、企盼被纳入"正朔"早已不是思虑所系；相反地，却安于"异端"的身世，我发现我的任务在于保存下更多的线索和辙痕。

除了《迷宫零件》之外，本书所搜集的是 1982 年迄今我自己认为比较有趣的散文作品，也重编了已绝版的《一座城市的身世》的内容于其中。

任何读者都会及身而终，这是作品唯一可以获得优势的部分，它在漫长的时光中静静等待。

冬天的布谷鸟是沉默的，但是真正的识鸟者可以听到沉默。

1993 年 11 月《明道文艺》

图书在版编目（CIP）数据

钢铁蝴蝶 / 林燿德著. —— 北京：九州出版社，
2023.6（2023.9 重印）
ISBN 978-7-5225-1805-3

Ⅰ. ①钢… Ⅱ. ①林… Ⅲ. ①散文集—中国—当代
Ⅳ. ①I267

中国国家版本馆CIP数据核字(2023)第079872号

著作权合同登记号 图字：01-2021-6559
Copyright © 1997 by Yao-de Lin
本中文简体字版由联合文学出版社股份有限公司
授权合作出版

钢铁蝴蝶

作　　者	林燿德 著
责任编辑	毛俊宁
出版发行	九州出版社
地　　址	北京市西城区阜外大街甲 35 号（100037）
发行电话	（010）68992190/3/5/6
网　　址	www.jiuzhoupress.com
印　　刷	河北中科印刷科技发展有限公司
开　　本	880 毫米 × 1194 毫米　32 开
印　　张	9
字　　数	158千字
版　　次	2023 年 6 月第 1 版
印　　次	2023 年 9 月第 2 次印刷
书　　号	ISBN 978-7-5225-1805-3
定　　价	48.00元